Brigitte Schröder-Gudehus
gewidmet, Ideengeberin und
kritische Beraterin

Barbara Thériault

Abenteuer einer linkshändigen Friseurin

edition überland

Inhalt

Zur Einführung: Soziologin und Friseurin

Und zwar ist nun die Form des Abenteuers, im aller-
allgemeinsten: dass es aus dem Zusammenhange des
Lebens herausfällt. [...] Indem es aus dem Zusammenhange
des Lebens herausfällt, fällt es [...] gleichsam mit eben
dieser Bewegung wieder in ihn hinein, ein Fremdkörper in
unserer Existenz, der dennoch mit dem Zentrum irgendwie
verbunden ist. Georg Simmel, »Philosophie des Abenteuers« [1910]

In den 1920er Jahren waren die deutschen In-
tellektuellen mit Sinnfragen beschäftigt, ja gerade von ihnen besessen; sie waren von einem
ständigen Krisengefühl geplagt. Als Antwort
auf das »metaphysische Leiden«, standen ihnen
mehrere Optionen zur Wahl: Kommunist, An-
throposoph, Katholik oder Zionist zu werden,
oder Anhänger der Lebensphilosophie oder einer der vielen charismatischen Gemeinschaften der Zeit ...* O weh! Wie Ernst!

★ Kracauer (2014 [1963/1931/1922]):
»Die Wartenden«, S. 383–394.

Der Freiheit bewusst, die mir die
Arbeit als Soziologin an der Universität bietet,
habe ich mich im Jahr 2020 entschieden, aus
dem Zusammenhang meines Lebens zu fallen

und mich zu einem Friseurin-Kurs in Montreal eingeschrieben. Als ich meinem Ex-Mann von meinem Vorhaben erzählte, fühlte er sich wohl dazu genötigt, etwas Entsprechendes zu unternehmen. Er kaufte sich einen Mercedes Jg. 1984.

Seitdem mustere ich – überall, wo gewartet wird – Köpfe. Im Bus oder in der Straßenbahn frisiere ich gedanklich Haare; während langwieriger Vorträge an der Universität nehme ich meine unsichtbare Schere und schneide dem Publikum die Haare. Das Friseurhandwerk ist nun zugleich Fremdkörper und Zentrum meines Lebens.

Ein Experiment wollte ich wagen: Die Berufe der Friseurin, Soziologin und Journalistin parallel auszuüben, um die ästhetische Dimension des Sozialen am Beispiel einer Stadt zu erkunden. So habe ich das zumindest in meinen Forschungsantrag hineingeschrieben. Eigentlich geht es mir besonders darum, eine für ästhetische Momente empfängliche Soziologie zu praktizieren.

Und so kam es. Als Erstes habe ich im Januar 2022 einen Friseurstuhl gemietet, und zwar in Erfurt. Die Stadt war mir bereits bekannt. Dort habe ich ein Teil meines Studiums absolviert und später ein Buch über die »Mitte der Gesellschaft« verfasst. Es war angeregt von einer Tendenz, die ich bei meinen Gesprächspartnern beobachtet hatte, eine innere Notwendigkeit zum Maß und zur Mitte, ein Ethos des Maßhaltens. Diese Haltung – nicht zu viel, nicht zu wenig – prägte ihre Lebensführung und ihren

Geschmack.[*] Meine ersten Erfahrungen im Salon, von kurzen Angstzuständen und einigen Missgeschicken (sorry Tom!) begleitet, ermöglichten mir, einige Ideen zur Ästhetik derjenigen, die sich als »stillos« beschrieben, und deren Produktion in Friseursalons zu erproben.

Ende März 2022 zog ich von Erfurt nach Halle an der Saale, wo ich für einige Monate zur Stadtschreiberin ernannt worden war. Die 240 000-Einwohner-Stadt in Sachsen-Anhalt, umgeben von großen landwirtschaftlichen Flächen, liegt wie Erfurt auch in Mitteldeutschland, aber man sagt, »im Osten«. Halle zeichnet sich durch ein eigenes Flair aus. Historisch ist die Stadt mehr von Industrie und Arbeiterschaft einerseits sowie der Präsenz einer Kunsthochschule und einer Boheme andererseits beeinflusst als zum Beispiel Erfurt, das stärker von Handwerk und Mittelstand geprägt ist. Die historisch gewachsene Struktur und die unterschiedliche Blütezeit der Städte finden Ausdruck in ihrer Architektur und verleihen ihnen jeweils ihre eigene Silhouette.

In Halle habe ich mit der eigentlichen Untersuchung angefangen. Fünf Salons habe ich meine Präsenz mehr oder weniger auferlegt: Der erste Salon ist eine blitzblanke Oase am Rande der Stadt; der zweite eine alteingesessene Institution südlich des Zentrums, Zeuge zweier politischer Regime und eines älteren Publikums; der dritte und vierte ist ein Barbiershop mit Filiale in der Altstadt, von zwei vor dem Krieg in

Syrien geflüchteten Männern geführt und der ein vornehmlich männliches Publikum anzieht; der fünfte ein neueröffneter Barbiershop nördlich von der Altstadt. Zu diesen Tempeln der Schönheit und des Wohlbefindens kam ein improvisierter Salon in dem schmalen Kachelflur einer Wärmestube für Wohnungslose und Obdachlose hinzu. Weil seine Besucher nur selten zum Haarsalon gehen, habe ich dieses Provisorium das »Café der Ungekämmten« genannt.

Eines wurde schnell klar: Friseursalons sind keine Hochburgen der Vielfältigkeit. Man bedient eine ziemlich homogene Kundschaft und wiederholt stets die gleichen Haarschnitte. Andererseits: Wer das Friseurhandwerk in mehreren Salons ausübt, bewahrt sich eine gewisse ästhetische und menschliche Vielfalt: Frauen und Männer, vermögend und minder vermögend, im Zentrum und an der Peripherie. Schließlich sind Friseursalons überall.*

Angetan von meinen Erfahrungen wiederholte ich das Abenteuer in Halle ein Jahr später. Von April bis September habe ich wieder aufgeweckten Physikstudenten, sozialkritischen Mitarbeiterinnen des Bürgerradios und abgebrannten Dichtern kostenlose Haarschnitte angeboten. Hinzu kamen Menschen, die ich hier und da getroffen hatte, und einige Besucher aus Erfurt, die – weg von zu Hause – es wagten, ihrer Friseurin oder ihrem Friseur untreu zu werden. Weil niemand Kunde dieser Salons war, machte ich meinem

* Nach Information der Handelskammer in Halle (Saale) gibt es 184 Friseurbetriebe in der Stadt. Dazu kommen noch Filialen, deren Zahl nicht ermittelt werden konnte (E-Mail vom 22. 03. 2022).

jeweiligen Gastgeber keine Konkurrenz. Das war die Idee.

Mit dieser buntgemischten Kundschaft habe ich mich in den Salons zunächst unterhalten. Friseurstühle lassen sich drehen und erlauben so, die Perspektive zu wechseln. Unter verschiedenen Vorwänden bewegte ich oft den Stuhl, damit meine Gäste mitbeobachten konnten: Die Friseurinnen, die Barbiere, ihre Kundinnen und Kunden, die Raumgestaltung, die unzähligen Geräte und bunten Produkte, die Interaktionen, das Kommen und Gehen.

Haareschneiden *und* Beobachten ist – ehrlich gesagt – schwierig. Der Grund ist einfach: Das Friseurhandwerk erfordert Konzentration. Deshalb rechtfertigte vor allem die Anwesenheit meiner Kundschaft in den Salons meine eigene. Mit einem Besen in der Hand hatte ich vor und nach der Betreuung meiner Kundschaft Gelegenheit, die Friseurinnen und die Barbiere zu beobachten und konnte mit ihren Kundinnen und Kunden – zum Beispiel während einer Farbe oder einer Dauerwelle – plaudern.

Bei meinem zweiten Aufenthalt half ich manchmal bei der Bedienung von Kunden und Kundinnen in den Barbiershops aus, wenn dort viel Arbeit anstand. Das erwies sich als wichtig, um die Wirklichkeit der Salons noch näher zu erleben. Mit meinen eigenen Kunden, die vorwiegend aus dem künstlerisch-intellektuellen Milieu kamen, war es immer einfach. Wir umarmten uns, plauderten, gingen oft nach einem Haarschnitt noch einen Kaffee trinken. In der

Wärmestube für Wohnungslose und Obdachlose waren die Kunden meistens nicht pingelig und sowieso dankbar. In den Barbiershops war es etwas anders: Es gab Druck, manchmal unfreundliche Kunden, rassistische Momente auch. Diese Erfahrungen habe ich nachts in Träumen verarbeitet, schließlich auch in einem Text.*

* Siehe »Die Unzufriedene«, S. 129–131.

Aus den Gesprächen, Situationen, Erfahrungen, dem unmittelbaren Erleben und den sinnlichen Anregungen sind die in diesem Buch gesammelten »soziologischen Feuilletons« entstanden.

Das soziologische Feuilleton ist ein Genre, das sich an die Arbeiten des Journalisten, Kulturkritikers und Soziologen Siegfried Kracauer (1889–1966) und anderer Journalistinnen und Journalisten der 1920er und frühen 1930er Jahre anlehnt. Gemeinsam haben sie dazu beigetragen, das Genre zu erneuern. Auf einigen wenigen Seiten kombinieren sie Soziologie, Reportage und Literatur. Ihre Zeitungsartikel sind soziologisch, weil sie oft eine Beobachtung als Ausgangspunkt haben, die ohne das von Sozialwissenschaften geschulte Auge möglicherweise nicht aufgefallen wäre und mithilfe theoretischen Wissens wiedergegeben ist. Weil sie sich genaue Beschreibungen von konkreten Situationen vornehmen, sind ihre Texte dem Genre der Reportage nah. Und weil sie sich die Freiheit der Form und das Prinzip der Montage zu eigen machen, haben sie auch literarische Eigenschaften.

Die vorliegenden Texte sind in sechs Teile gegliedert. Jeder einzelne Text beruht auf einer Beobachtung. Ausgangspunkt ist manchmal ein Detail (Strähnchen, *fades*, überdimensionierte Brillen), manchmal steht eine Situation im Mittelpunkt (eine Andacht, das Hospitieren von Friseurinnen in einem Barbiershop, eine öffentliche Lesung, weibliche Kundschaft in einem Barbiershop). Einige Texte haben Auffälligkeiten zum Gegenstand, an denen der Blick länger haftet und die die boshafte Zunge lockern.* Letztere weisen auf eine ästhetische Norm hin. Unter dem Titel »Berührungen« geht es um sinnliche Eindrücke und unmittelbares Erleben, um Körpernähe, um die nicht sexuelle Intimität mit Fremden, die für das Friseurhandwerk typisch sind. Es geht um Momente, die man als besonderes angenehm wahrnimmt, aber nicht nur. Manche Texte stehen damit im Kontrast zu jener Literatur über Haarsalons, die stets das Schöne und das sinnlich Angenehme hervorhebt.*

* Siehe Kaufmann (2006 [1999]; 2006 [1995]).

* Siehe zum Beispiel Messu (2013).

Manche der Themen, die mich am Anfang des Projekts beschäftigten, sind geblieben, so etwa die Friseurinnen und Barbiere als Hersteller der Normalität oder einer Durchschnittsästhetik. Ein anderes Thema ist jedoch in den Vordergrund gerückt: Der Friseursalon als bevorzugter Ort der Geselligkeit, der superlativen Sprache und der Nicht-Konfrontation. Hier ist der nicht so geheime Einfluss des Soziologen Georg Simmel (1858–1918) spürbar, der die Geselligkeit als eine besondere Form des Miteinanders definiert, als »die Spielform der Vergesellschaftung«, die »keinen sachlichen Zweck hat«.*

Die Geselligkeit hat mehrere Dimensionen. Sie ist ein Forschungsprinzip und hat gleichzeitig eine ethische Komponente: Ein Gebot von Takt und Diskretion, das mit Erkenntniszielen in einem gewissen Spannungsverhältnis steht. Auch die soziologischen Feuilletons können als Mittel der Geselligkeit betrachtet werden, sollte man nach deren Lektüre den Drang spüren, sich auszutauschen.*

* Siehe Simmel (1999 [1917/1911]): »Die Geselligkeit (Beispiel der Reinen oder Formalen Soziologie)«, S. 103–121 (hier, S. 108), und Simmel (2001 [1910]): »Soziologie der Geselligkeit«, S. 177–193.

Während Simmel sich nicht mit dem Inhalt der Gespräche – er wollte ja eine soziologische Form, eine Abstraktion, aus der Fülle des historischen Materials herausarbeiten – beschäftigte, konzentriere ich mich auf Konkretes: die Sprache, die Techniken, die Ästhetik und das jeweilige Publikum der Salons. Letztere bringen ihre Themen mit: Das Älterwerden – ein Thema, das allgegenwärtig ist, aber nicht oft offen angesprochen wird – und vor allem: der Urlaub.

* Manche Texte wurden in der lokalen Presse veröffentlicht: in der *Mitteldeutschen Zeitung* in Halle, im *Amtsblatt Halle (Saale)* und in *Ort der Augen. Blätter für Literatur aus Sachsen-Anhalt* sowie in *Brücke. Erste Erfurter Straßenzeitung* und als »Chronique d'une apprentie coiffeuse« in *Siggi, le magazine de sociologie.*

Bei der ganzen Leichtigkeit der Themen gibt es auch etwas Unheimliches an der Geselligkeit, einen Schatten, den Simmel nicht angesprochen hat. Die Geselligkeit entsteht in kleinen Welten, in Weltchen, in Parallelgesellschaften und schafft sie zugleich. Simmel bemerkte, dass sie nur innerhalb bestimmter Gruppen und Schichten entstehen kann. In solch einer

Umgebung kann man ungehindert sprechen, hemmungslos und manchmal auch in einer Sprache und zu Themen, die nicht allen passend scheinen.

Zwischen den zwei Aufenthalten in Halle war ich wieder in Montreal, an der Universität und im Friseursalon. Neben meinem Job als Soziologie-Professorin mietete ich einen Friseurstuhl, schnitt einer exklusiven und homogenen Gruppe junger Soziologie-Studierender die Haare und bot so Studienberatung an. Inzwischen hat mein Ex-Mann seinen Mercedes verkauft und ist ein Star auf Twitter geworden. Er praktiziert eine bestimmte Art der Kritik, von der er mir vorwirft, dass ich sie nicht übe. Eine kurze Antwort im Stil Kracauers und des soziologischen Feuilletons habe ich in einem Text gegeben.[*]

* Siehe »Zwanglos mit Niveau«, S. 164–167.

Was ich in Montreal erlebt habe, spielt auch eine gewisse Rolle im Buch. Diese Texte stehen vor allem im Kontrast zu denen aus Halle, spiegelverkehrt. Sie heben die Dynamik der Tempel der Schönheit und des Wohlbefindens noch einmal hervor. In jenem Teil, dem meine Beobachtungen aus Montreal gewidmet sind, bin ich mit Hindernissen der Geselligkeit konfrontiert. Dort waren der Saloninhaber und ich dünnhäutig und latent schlecht gelaunt. Er durchlief eine schwierige Lebensphase, ich war von keinem metaphysischen Leiden, sondern von einer diffusen Unzufriedenheit heimgesucht. Der Salon war oft leer, unbehaglich. Dort wurde ich zunehmend von einer Außenseiterin der Friseurwelt zu einer Insiderin; die Magie des Anfangs verschwand, zumindest zeitweilig. Diese Umstände und desillusionierenden Einblicke schärften den Blick für die Grundlagen der Geselligkeit und zeigten, wie kostbar, aber auch wie vergänglich und zerbrechlich sie ist.

Die meisten Impressionen, Nahaufnahmen, Gesprächsaufzeichnungen und Wortfetzen, die sich in den hier gesammelten Texten finden, entfalten sich mit der Stadt Halle im Hintergrund. Je länger mein Aufenthalt wurde, je unheimlicher wurden manche Beobachtungen. Um diese Erfahrung widerzugeben, wurden die Texte chronologisch geordnet. Durch die unterschiedlichen Salons und deren jeweiligem Publikum entsteht eine menschliche und ästhetische Vielfalt. Das Bild ist kantig, keineswegs bodenständig. Deshalb stellt das Cover des Buches die Stadt als expressionistische Kulisse dar.

Was ich mit meinen *Abenteuern einer linkshändigen Friseurin* bezwecke? Mein Ziel ist bescheiden: Mögen die Leserinnen und Leser ein bisschen genauer hinsehen und manche Alltagserscheinungen jenseits der gängigen praktischen Erklärungen reflektieren. Genau das tun meine Kundinnen, meine Kunden und ich: Wir schauen gemeinsam auf das Geschehen im Salon. Dabei versuchen wir selbstkritisch zu sein. Wir nehmen einiges wahr und können uns nicht mehr so viel vormachen. Insofern sind die *Abenteuer* oft kleine Attentate auf die Gemütsruhe. Das ist zumindest das gewünschte Ziel des Feuilletons, das amüsieren will, aber nicht nur.

»Bin ich eine echte Friseurin?« Die Frage meiner Ausbildung war stets Thema für die – sowohl skeptischen als auch wohlwollenden – Saloninhaberinnen. Der erste Text des Buches, ein Arbeitszeugnis meines Ausbilders, Arbeitgebers und Kollegen in Montreal – gibt eine Antwort.

Apropos Saloninhaberinnen, Friseurinnen, Barbiere und Ausbilder. Ihnen gilt mein erster Dank, für ihre Großzügigkeit, Offenheit und Geduld. Sie haben mein Leben schön gemacht und mich durch mehrere Eingriffe – Haarschnitte und Farben – selbst etwas schöner gemacht.

Ich bedanke mich ausdrücklich bei meinem ersten Leser und meinen ersten Leserinnen: Klaus Harer, Anna Xymena Tissot und Simone Trieder, die Hallesche Schriftstellerin, die das mit soziologischem Blick verfasste Manuskript wohlwollend lektoriert hat. Dankbar bin ich meinen Vernetzern: Robert, Ulrike, Michael, Steffen. Weiteren Freunden und Kolleginnen sei gedankt: Jules Pector-Lallemand und den Kolleginnen und Kollegen von *Siggi, le magazine de sociologie*, der geselligen Runde des Halleschen Dichterkreises sowie Anett Krause, Steffen Andrae und Johannes M. Fischer. Ich danke meiner Kollegin und Freundin Brigitte Schröder-Gudehus, die das Leben von Sachsen-Anhalt nach Montreal verschlagen hat.

Einen Dank möchte ich den Mitarbeitern der Stadt Halle (Saale), die meine Abenteuer als Stadtschreiberin 2022 unterstützt und 2023 möglich gemacht haben, aussprechen. Dankbarkeit sollte Menschen und nicht Institutionen gelten. Dennoch bin ich verschiedenen deutschen Institutionen dankbar, auch im Namen von Iryna, die aus der Ukraine kam und in der Zeit des Krieges bei mir in Halle bleiben durfte. Ich bedanke mich außerdem beim Conseil de recherches en sciences humaines du Canada, beim Max-Weber-Kolleg der Universität Erfurt, beim New Europe College in Bukarest und beim Wissenschaftskolleg zu Berlin, wo das Buch seine letzte Gestalt annahm.

Arbeitszeugnis

Weil meine Ausbildung als Friseurin Neugier unter deutschen Friseurinnen hervorrief und weil es Unterschiede zwischen Deutschland und dem kanadischen Bundesland Québec gibt, habe ich meinen Ausbilder in Montreal gebeten, mir ein Arbeitszeugnis auszustellen. Er ist übrigens auch seit mehreren Jahren mein Friseur. Ich gebe es hier vollständig in deutscher Übersetzung wieder. Zudem möchte ich anmerken, dass ich – entsprechend einer verbreiteten Praxis an Universitäten – ihm vorab Informationen und damit eine Vorlage geliefert hatte.   BT

ARBEITSZEUGNIS

Montreal, den 1. Dezember 2022

Sehr geehrte Damen und Herren,

Barbara Thériault, geboren 21.02.1972 in Lévis, bat mich, ihr ein Zeugnis auszustellen. Dieser Bitte komme ich gern nach, wohl wissend, dass das hiesige Ausbildungssystem sich vom deutschen unterscheidet.

Frau Barbara Thériault ist Soziologin und damit eine Quereinsteigerin. Im Sommer und im Herbst 2020 hat sie an meiner privaten Friseurschule einen Schnellkurs absolviert. Die Ausbildung sollte zwanzig Wochen dauern. Aufgrund der Pandemie und des von der Quebecer Regierung angeordneten Lockdowns wurde die Ausbildung aber nach 18 Wochen abgebrochen. Später hat Frau Barbara Thériault einzelne Übungsstunden bei mir abgeleistet. Sie brachte Kunden und Kundinnen mit – vor allem Studierende – und arbeitete unter meiner Supervision. Dank dieser zusätzlichen Stunden konnte sie die Ausbildung zu meiner vollsten Zufriedenheit erfolg- reich beenden.* Mir ist auch bekannt, dass sie Freunden, darunter eine ältere Dame, die ihre Wohnung nicht mehr ver- lassen konnte, unentgeltlich regelmäßig die Haare ge- schnitten hat. Obwohl ich ihr davon ab-

* Die vom Bildungsministerium akkreditierte Ausbildung, DEP (*Diplôme d'études professionnelles en coiffure*) genannt, beträgt 1455 Stunden und vollzieht sich über 15 bis 17 Monate. Manche staatliche Ausbildungsstellen bieten das gleiche Programm in einem intensiveren Format an, über zwölf Monate in Vollzeit. Die Ausbildung wird an manchen staatlichen Schulen ab der Sekundarstufe 5 (mit 16 oder 17 Jahren) angeboten. Private Schulen bieten auch Kurse an, zum Beispiel mit sieben Wochen Theorie plus 900 Stunden Praxis, um Friseur oder Friseurin zu werden oder vier Wochen und acht Wochen Praxis, um als Barbier arbeiten zu können. Bei der Anstellung wird jedoch selten nach einem Diplom gefragt.

geraten habe, hat sie zudem Inhalte auf YouTube konsumiert, und dadurch versucht, sich selbstständig weiterzubilden.

Zwanzig Jahre Erfahrung in der Branche haben mir gezeigt: Praxis ist alles. Stets rate ich meinen Schülern und Schülerinnen, möglichst viel zu üben, sei es in Altenheimen oder in sozialen Einrichtungen, was Frau Barbara Thériault auch tat – in einem Café für Obdach- und Wohnungslose. Die Pandemie erwies sich als Fluch und Segen: Weil die Salons über Wochen zwangsweise schließen mussten, haben sich viele Menschen die Haare selbst geschnitten. Nach dem Lockdown konnten meine Schüler und Schülerinnen manche Schäden reparieren, Praxis gewinnen und Dank ernten.

Die Ausbildung, die ich an meiner Schule anbiete, umfasst das Frisieren von Frauen und Männern. Färben und Dauerwelle gehörten nicht zu Frau Barbara Thériaults Ausbildung. Wegen der Pandemie ist das Styling mit Föhnen leider etwas zu kurz gekommen.

Frau Barbara Thériault ist sehr motiviert und hat einen guten Umgang mit der Kundschaft: An ihrem Frisierstuhl wird viel geredet und gelacht. Sie bringt neue – und interessante – Menschen in meinen Salon. Zu bemängeln ist, dass sie zwar anderen bei der Arbeit zuschaut, es allerdings selbst nicht mag, beobachtet zu werden. Ihre Beobachtungen fließen in eine Kolumne (»Chronique d'une apprentie coiffeuse«), die sie für *Siggi, le magazine de sociologie* schreibt. Exemplare des Magazins liegen im Übrigen im Salon aus. Ich muss zugeben, dass ich noch nicht dazu kam, sie zu lesen. Kundinnen lesen ihre Texte aber gern und berichten mir davon, auch dass ich hin und wieder als Figur auftauche.

Anfang des Jahres ging Frau Barbara Thériault nach Deutschland, um dort als Friseurin zu arbeiten. Auf ihren Wunsch habe ich ihr ein Diplom mit der Bezeichnung »Grundkurs« ausgestellt. Wie ich aus ihrem Lebenslauf entnehmen kann, war sie zuerst kurz in einem Salon in Erfurt tätig, dann siedelte sie nach Halle (Saale) über. Dort war sie in zwei Salons, die vor allem auf Frauen spezialisiert sind; später war sie für eine längere Zeit in einem

Barbiershop beschäftigt. Sie erwähnte mitunter, dass sie sich als Barbierin spezialisieren will. Ich habe ihr empfohlen, sich als Generalistin zu verstehen und weiterzuentwickeln.

Frau Barbara Thériault ist seit September wieder in Montreal. Um das Handwerk nicht zu verlernen, hat sie einen Stuhl in meinem Salon gemietet und empfängt einen Tag pro Woche Kunden und Kundinnen. Ihre angenehme Mitarbeit in meinem Salon freut mich sehr. Ich konnte feststellen, dass sie beträchtliche Fortschritte in ihren handwerklichen Fertigkeiten gemacht hat, was mein Mantra bestätigt: Das Metier lernt man durch Praxis.

Mit freundlichen Grüßen,

Halle
im Spiegel

Hallenser Makeover

1. April 2022. An meinem ersten offiziellen Tag als Stadtschreiberin von Halle, war ich im Rathaus, um mich bei der Stadt anzumelden. Nach Anfangsschwierigkeiten (»Stadtschreiberin« ist keine amtliche Kategorie) verschwand die Beamtin mit meinem Reisepass. Als sie wieder am Schalter saß, schwang sie ihre langen Haare zur Seite und es konnte weitergehen:

— »Machen Sie ihre Maske runter.« »Bitte? Ach ja, die Maske.« Sie erkannte mein Gesicht und fuhr fort:

— »Wann sind Sie aus Kanada eingereist?«, fragte sie.

— »Am 16. März«, antwortete ich.

— »Wie lange bleiben Sie? Sechs Monate?«, ich nickte.

— »Ihr Familienstand?« »Geschieden.«

Da ich mich, seit ich zuletzt in Deutschland angemeldet war, habe scheiden lassen, öffnete sich wohl ein neuer Ordner auf ihrem Computer.

— »Das Scheidungsurteil«, forderte sie.

— »Das habe ich als PDF auf meinem Handy …«, gab ich zur Antwort.

— »Ich brauche das originale Urteil und eine amtlich beglaubigte Übersetzung davon«, sagte sie sachlich.

— »Das könnte etwas dauern ...«, wagte ich vorsichtig anzumerken, während die Beamtin energisch weitertippte.

Als das Klicken der langen Nägel aufhörte, bekam ich ein Dokument, dessen Angaben ich zu prüfen hatte.

— »Nun, hier steht, dass ich verheiratet bin ...«, bemerkte ich.

— »Tja«, sagte sie und zog ihre wohldefinierten Augenbrauen hoch: »Sie werden hier wohl als verheiratet rumlaufen müssen.«

Die Bemerkung der Beamtin hätte ich bestimmt vergessen, wenn ich nicht am gleichen Abend eine E-Mail von einem Mann erhielt, der sich als Hallunke vorstellte.* »Das sind Sie auch«, behauptet er. Ich laufe also als verheiratet und als Hallunkin rum, dachte ich. Also gut. Wie sieht aber eine verheiratete Hallunkin aus?

* Hallenser, Halloren, Hallunken – Die Halloren sind die Salzwirker-Brüderschaft. Sie betrachten sich als »echte« Hallenser, die Zugezogenen sind Hallunken.

Die Antwort kam am nächsten Tag, als ich durch Halles Straßen ging.

Nachdem die Beamtin mir im Namen des Bürgermeisters einen Anmeldungsschein ausgehändigt hatte, fuhr ich zu einem Friseursalon. Dort will ich einen Teil meiner Beobachtungen als Stadtschreiberin machen. Mit einer netten Friseurin einigte ich mich, meine Haare im Prinzip nicht zu kürzen, nur hinten etwas wegzunehmen. Dabei unterhielten wir uns, u. a. darüber, dass Friseurinnen dazu neigen – so meine Beobachtung – die gleichen Haarschnitte zu machen. Eben aus diesem Grund habe sie den Salon gewechselt, um nun endlich kreativ sein zu können. Daraufhin sagte ich der Friseurin, sie könne sich ruhig austoben. Nach zwei Stunden verließ ich glücklich den Salon, wie eine neue Frau.

Als ich am nächsten Tag durch die Straßen wandelte, fiel mir auf einmal auf: Ich sah aus wie so viele andere Frauen mit Kurzhaarfrisuren. Die nette Friseurin hatte aus mir eine Hallunkin gemacht.

Was tun? Ich könnte meine Haare anders stylen. Schließlich hatte die Friseurin mir versichert: »Man kann damit alles machen.« Es mag aber auch von Vorteil sein, wie die anderen auszusehen, zum Beispiel für das unauffällige Beobachten. Wie dem auch sei: Kommt man in eine neue Stadt, empfiehlt sich 1. ein Gang zum Einwohnermeldeamt, mit allen gültigen und amtlich beglaubigten Dokumenten und 2. ein Gang zur Friseurin. So wird man zur neuen Bürgerin der Stadt.

Bisher unveröffentlicht.

Prag an der Saale

Als ich nach Halle an der Saale kam, erschien mir die Stadt anders als deutsche Städte ähnlicher Größe, die ich bisher kannte: Gefühlt größer, weil höher gebaut, gekennzeichnet von heterogenen Baustilen – vom Fachwerk, über Klassizismus, Jugendstil, Expressionismus und Moderne, von Bauhaus bis Plattenbau. Da summen Straßenbahnen durch enge Kurven, da ist der Fluss mit seinen Inseln. Angeregt durch erste von Analogien beladene Beobachtungen eines frischen Aufenthalts in einer neuen Stadt, und womöglich durch die Vorfreude auf eine bevorstehende Reise, dachte ich mir: ›Die Stadt kommt mir wie Prag vor!‹

Mit dieser Idee im Kopf lief ich schon herum, als mich ein Mann in einem Café ansprach. Wie sich herausstellte, verkörperte er gewissermaßen – als Hallenser und zugleich Stadtführer von Prag – meine Analogie. Neugierig über die ersten Eindrücke eines Ankömmlings erkundigte er sich nach meinen ersten Beobachtungen von Halle.

— »Die Stadt hat was von Prag«, wagte ich zu behaupten.

— »Ja, ja«, nickte er ganz emphatisch und hob noch dazu den Daumen hoch. »Sie haben ganz recht ... die Architektur ... das Döll-Haus und der Jugendstil ...«

— »Und irgendwie landschaftlich auch: Die Niveauunterschiede, das Unebene, das Hügelige, die Ringe«, fuhr ich fort.

— »Ja, absolut«, sagte er und gab mir als Zeichen seiner Zustimmung einen kleinen Schubs.

— »... von der Pracht und Dekadenz der Baugeschichte, von den schwankenden Einwohnerzahlen, den Friedhöfen, wo ganz tolle Leute liegen, ich könnte dir stundenlang erzählen«, versicherte er mir.

Ich war vom Kaffee zum Bier übergegangen; er vom Sie zum Du und von der Stadt zum Persönlichen. Und je persönlicher die Themen wurden, desto häufiger hob er seine Hände zum Kopf: seine verstorbene Mutter, die Berufe, die er ausgeübt und die Städte, die er besucht hatte, Gesundheitsprobleme bis zum Haarverlust. An dem Punkt muss ich – meine ich, mich zu erinnern – von meiner Tätigkeit als Friseurin erzählt haben und von meinem Vorhaben, über die Stadt und ihre Menschen aus dieser Perspektive zu berichten.

— »Das ist hochinteressant«, sagte der Mann, unablässig positiv.

— »Ich will nicht andeuten, dass du es brauchst, aber hättest du vielleicht Interesse an einem kostenlosen Haarschnitt?«, fragte ich. »Ich suche nämlich Kunden.«

Am nächsten Tag kam der Stadtführer zum verabredeten Ort und Zeitpunkt. Er wünschte sich, ganz minimalistisch, eine Glatze.

— »Kannst du alles wegmachen?«

— »Na klar«, sagte ich, diesmal in der Rolle derjenigen, die das Gesagte des Gegenübers bestätigt.

Der elektrische Rasierer surrte und der Rest vom spärlichen Haar fiel leicht auf den Boden.

— »So.«

— »Ganz toll! Ich sah unmöglich aus. Ich benutze keine Produkte, ein bisschen Parfümzeug, das ist alles. Weißt du, ich habe mich generell gehen lassen.«

— »Dein Bart ist schön voll«, meinte ich zugleich ermutigend, auch um ihn auf ein anderes Thema zu lenken. »Soll ich ihn zurechtschneiden?«

— »Unbedingt!«

Während des Bartschneidens knüpfte das Gespräch an die Themen des Vortages an: Was ich in Prag machen sollte (Viertel, Friedhöfe), was man in Sachen Prag lesen sollte (Szczygieł, Rudiš), und wieder Persönliches (Krankheiten).

— »Beim Schnurrbart kannst du nicht reden, noch nicht mal lächeln«, unterbrach ich seinen Redefluss. Zum Schluss sagte ich:

— »Du siehst gut aus!«

Einige Tage später fuhr ich tatsächlich mit dem Zug nach Prag. Schon einige Minuten nach der Ankunft setzte, das muss ich zugeben, eine gewisse Ernüchterung ein. Nicht, dass Halle nicht schön wäre. So ist es nicht. Die Größe der Stadt Prag, die Breite des Flusses, die gewaltige Anzahl von Türmen, von Touristen – und deren Stadtführer – rückten Halle einfach in die vertraute Mitte Deutschlands und ließen mich meine anfängliche Analogie der beiden Städte stark bezweifeln.

Dafür kam mir, dank des Mannes der Superlative, eine andere Analogie in den Sinn: Als Stadtführer hatte er das Schöne und das Positive betont und war zudem einem Prinzip, das auch in Friseursalons herrscht, gefolgt: Er hatte mir unablässig recht gegeben. Friseurinnen bestätigen generell, was ihre Kundschaft behauptet. »Toll«, »ganz genau«, »na klar«, »alles klar«, »ja, ja klar«, »natürlich«, »nee, wa?«, »schön«, das sind allgegenwärtige Worte in Friseursalons. Dort werden Konfrontationen vermieden: Das höchst Persönliche – oder Politische – wird umgangen, um das Gespräch möglichst reibungslos am Laufen zu halten. Das ist sicher einer der Gründe dafür, dass es so guttut, sich dort für ein oder zwei Stunden aufzuhalten.

Der Stadtführer hatte meine Eindrücke der-
maßen stark bestätigt, dass ich gleich hätte daran zweifeln müssen. Aber ich wollte wohl den
flüchtigen Moment genießen, diesen Moment,
bevor die Zweifel einsetzen, die einen – sei es
bei der Ankunft in einer neuen Stadt oder am
Tag nach einem Friseurbesuch – früher oder
später unvermeidlich einholen.

Erschienen als »Halle hat was vom Prag«, *Mitteldeutsche Zeitung*, 21. Juni 2022, S. 10.

Glanz am Rande der Stadt

In einem Regal des Friseursalons steht eine goldene Figur, so groß wie eine der Bürsten, die sich daneben befinden. Solche Bürstengesellschaften gibt es in allen Friseursalons, so eine Figur jedoch nicht. Sie hat die Form eines Oscars und erinnert in der Peripherie von Halle an Hollywood.

Schon auf den ersten Blick ist der Salon gepflegt, schön, unauffällig. Er fügt sich reibungslos in seine Umgebung am Ende einer mit Bäumen bepflanzten und neusachlich bebauten Allee. Der Salon bietet das Übliche an: Waschen, Schneiden, Färben, Wellen, Legen. Er steht für alle offen: bürgerliche Frauen aus dem Saalekreis, farbverliebte Angestellte, ältere Damen, die sich gern eine Dauerwelle legen lassen, akkurate Männer mittleren Alters, auch für Mädchen und Jungen. Im Vergleich zu anderen Salons der Stadt macht er mehr: *Glossing*, *Balayage*, *Bleaching*, sogar das scheinbar Unmögliche, wie zum Beispiel *Extensions* (Haarverlängerung).

Dort durfte ich eine Zeit lang arbeiten.

An einem geselligen Dichterabend, dessen Teilnehmer und Teilnehmerinnen aus Prinzip kein Haarstudio besuchen, teilte ein strubbeliger Bartträger eine Beobachtung mit, die die Klassenfrage als Haarfrage auffasste:

— »Je weiter man in die südlichen Plattenbausiedlungen der Stadt kommt, desto mehr Strähnchen siehst du.«

Zu meiner eigenen Überraschung antwortete ich zum ersten Mal als Friseurin und nicht als Soziologin:

— »Fast alle Frauen haben Strähnchen, Blonde sowieso.«

Dass strubbelige Bartträger die Arbeit von Friseurinnen nicht erkennen, ist der Beweis dafür, dass ihre Kunst gelingt.

Schönheit soll, obwohl sie viel Zeit und Geld kostet, natürlich mühelos erscheinen, wie ein Filter auf Instagram, den man nicht wahrnimmt, oder ein Bild, dessen Überarbeitung

mit Photoshop nicht sichtbar ist. Das »soll«
verweist auf eine Norm, nach der Schönheit
natürlich ist. Trotz der Moden, die bekanntlich
rasch wechseln, erweist sich dieses Ideal als erstaunlich konstant.*

Wird man sich der Arbeit der Friseurinnen
bewusst, dann nimmt man sie plötzlich wahr:
auf der Straße, in der Bahn, im Büro.

Und nimmt man sie wahr, dann ist man
auf einmal geneigt, sie zu beurteilen – ästhetisch und ethisch. Gemessen am Ideal der Na-
türlichkeit der Mittelschichten
mag ästhetisch einiges als übertrieben gelten, zum Beispiel für
ein bestimmtes Alter zu lange, zu
blonde Haare, oder eben zu sichtbare Strähnchen. Ethisch kann bemängelt werden, dass die
eine oder andere Behandlung »aufgeschwatzt«
wird oder die Haare kaputtmacht – etwas eu-
phemistischer ausgedrückt: strapaziert. Überhaupt fällt mir auf, dass man in der Haarfrage
viel und schnell urteilt, wo man sich ansonsten
mit Kritik zurückhalten würde.

Man muss hierin keinen Determinismus sehen: Das Urteilen kann der Akzeptanz weichen.
Oft braucht man nur einmal eine Behandlung
in Anspruch genommen zu haben, um sie dann
nicht mehr als übertrieben wahrzunehmen. Im
Salon habe ich ein paar Strähnchen bekommen,
eine Premiere für mich. Das heißt wiederum
nicht automatisch, dass ich gleich einen Termin für eine Fettabsaugung ausmachen würde.
Und dennoch: Ich habe eine feine Grenze über-

* In ihrer Studie von 1929/1930
erhielten schon Erich Fromm, seine
Mitarbeiterinnen und Mitarbeiter
(2015 [1980]) ähnliche Antworten
zum Thema Schönheit.

schritten in der Frage, was ich als angemessen empfinde.

Für den Fall, dass der Barträger nach dem augenblicklichen »Schönsein« fragt, habe ich recherchiert, worin der ästhetische Kanon besteht: Lang mittels *Extensions*, blond dank einer *Balayage* und leicht gelockt mithilfe eines Lockenstabs. Woher ich das weiß? Obwohl viele Menschentypen den Salon besuchen, schaffen es nur die Wenigsten auf den Instagram-Account des Friseursalons. Dieser Frauenhaartypus aber schon. Er entspricht dem Gegenwartsgefühl, ist tonangebend und darf für den Salon werben.

Für die Kundinnen, denen dieser Ruhm vorenthalten bleibt, steht in der Werbung auf sozialen Medien ein Schönheitsversprechen. Es lautet: Du könntest es schaffen, wenn du dich traust, du könntest dich auf dem Weg zu diesem Haartypus befinden (zwischen den Zeilen: auch, wenn du älter bist oder etwa eine Brille trägst). Für die Übrigen gibt es zur Aufmunterung Motivationssprüche an den Wänden des Salons: »love is all you need« oder einfach »relax«.

Der Salon steht auch für Dichter offen. Sollte einer von ihnen diesen gegen seine Prinzipien doch einmal heimlich besuchen, wird er erfahren, wie eine Mitarbeiterin sich über ein »neues Projekt« freuen wird. Ähnlich einer Architektin oder einer Bauherrin wird sie von Etappen sprechen. Sein Kopf wird zur Baustelle. Die Friseurin wird sich auf den Rollhocker schwingen, flott durch den Raum gleiten und sich mit großem Optimismus an die Arbeit machen. Sie wird ihn schon durchschaut haben und sie wird alles daransetzen, ihm einen »natürlichen« Look zu geben.

Der Salon am Rande der Stadt ist ein eigenartiger Ort. Dort ist alles künstlich, auch die Gespräche, und trotzdem ist alles authentisch. Der Dichter kennt das aus eigener Erfahrung. Er weiß, dass sein Schaffen auch viel unsichtbare Arbeit abverlangt, damit seine Charaktere authentisch wirken. Dafür steht die goldene Figur. Sie prämiert diese Arbeit und spendet dem Salon zugleich einen Hauch von Glamour, den man nicht überall findet.

Erschienen als »Glanz am Rande der Stadt«, *Mitteldeutsche Zeitung*, 19. Juli 2022, S. 16.

Winkefleisch

»**W**ir führen gerade eine umfangreiche Untersuchung durch, Frau Thériault. Wissen Sie, wovon die Deutschen träumen, wenn sie in Rente gehen?« fragte mich vor geraumer Zeit ein deutscher Soziologieprofessor.
— »Reisen«, antwortete ich, ohne zu zögern.
— »Woher wissen Sie das?«, fragte er etwas perplex.

Man muss keine große Menschenkennerin sein, um diese Frage zu beantworten. Die Verwunderung des Professors sagt etwas über ihn aus. Er besucht wohl nie oder nur selten einen Friseursalon. Wenn ja, hätte er es gleich erfahren können.

Das Gesprächsthema Nummer eins beim Friseur ist der Urlaub. Falls kein Urlaub ansteht, erzählt man sich, was man am Wochenende gemacht hat oder am kommenden Wochenende machen wird. Eine alternative Frage lautet: »Kann man in einer Wohnung ohne Balkon leben?«, was wiederum dem Thema Urlaub in Miniatur entspricht. Da die Friseurinnen auch in den Urlaub fahren, wird der Haarwuchs der Kundinnen nach ihren Urlauben getaktet. So entsteht eine eigene Einteilung der

Zeit, in Friseurterminen und Zentimetern gemessen.

Neben diesem offenen Thema gibt es andere, die unausgesprochen sind, die geheim bleiben. Letztere werden nicht direkt angesprochen, sind aber genauso gegenwärtig wie die Ersteren.

In dem Salon, in dem ich zuletzt arbeitete, war das unausgesprochene Thema Nummer eins: das Älterwerden. Indizien – oder Indikatoren, wie der Professor wohl sagen würde – sind: graue Haaransätze; ein Satz wie »mir ist warm« – geäußert mit der Geste eines hin- und herbewegten unsichtbaren Fächers, und das dazugehörige »Willkommen im Klub« – Rollatoren vor dem Eingang des Salons und der Griff an der Toilette, der half – wie ich irgendwann verstand – wieder aufstehen zu können.

Zu bestimmten Fragen finden im Salon wohl Auseinandersetzungen statt. In puncto Alter bleibt der Salon unberührt. Die Frage wird zwar praktisch verarbeitet, intellektuell jedoch nicht. Überhaupt stellt der Salon nicht viel infrage; er ist das Vorzimmer des Urlaubs.

Ich habe es selbst probiert, das Unausgesprochene anzusprechen. Vergeblich. Am Ende habe ich immer, wo es möglich war, die Quasi-Absenz grauer Haare (bei Frauen) oder die vielen Haare (bei Männern) hervorgehoben.

Damit das Thema Alter angesprochen werden kann, muss es aus dem Salon raus oder als Geschichte von einer Bekannten erzählt werden. So suchte die Freundin einer älteren Kundin kurz vor einem Griechenland-Urlaub in

Begleitung eines viel jüngeren Liebhabers verzweifelt nach einem Badeanzug mit langen Ärmeln. Sie fand schließlich einen Turnanzug, der ihre schwabbeligen Oberarme kaschierte.

Und das Ende der Geschichte? Vor Ort entschied sich die Frau doch für den normalen Badeanzug. Es mag daran liegen, dass sie weit weg von zu Hause war. Ich denke aber eher, dass die neue Frisur, die sie sich vor dem Urlaub hat machen lassen, ihr den Mut dazu gegeben hat.

Erschienen als »Notizen aus dem Salon«, *Amtsblatt Halle (Saale)*, **1. Juli 2022, S. 5.**

Der Barbiershop

»**N**ächste Woche fange ich bei einem Barbiershop in der Altstadt an«, kündigte ich aufgeregt
im Damensalon an.

»Da kann man so tolle Sachen machen; Sachen, die wir nicht tun. Ich bin gespannt, was
du erzählst«, erwiderte die Chefin des Salons.

Über die zahlreichen Barbiershops in der Stadt
wird gemunkelt, und zwar viel. In verschiedenen Kontexten habe ich manches gehört: Lob
und Kritik, Faszination und Ablehnung. Ob sie
nun selbst da gewesen oder bloß am Schaufens-
ter vorbeigelaufen sind, alle scheinen eine Meinung dazu zu haben.

Ich freute mich also sehr, Einblicke in den Alltag eines Barbiershops zu bekommen. Auf Grundlage meiner Begegnungen berichte ich hier über Handlungsabläufe, Interaktionen, die Raumgestaltung und die Atmosphäre.

Die Barbiere

Sie sind fünf, manchmal einer, meistens zwei oder drei. Manche arbeiten schon lange in diesem Beruf, andere sind erst neu dazugekommen. Sie tragen ein T-Shirt mit dem Logo des Ladens, Jeans und Sneakers. Sie arbeiten lange. Den Laden haben sie vor nicht allzu langer Zeit übernommen. Sie haben Pläne: Renovieren,

Mitarbeiter ausbilden. Sie reden laut, regeln Sachen am Telefon, machen Witzchen, legen Musik auf, singen. Scheren, Kämme, Bürsten, Maschinen und Haarprodukte stehen herum. Man nimmt sich, was man benötigt, manchmal sucht man ein Gerät.

Die Barbiere sagen, dass sie keinen festen Platz im Salon haben. Obwohl sie sich viel bewegen, gibt es eine gewisse Hierarchie. Wie die Chefin des Damensalons arbeitet der ältere Barbier neben dem Eingang, wo er sieht, wenn Kunden hereinkommen, und von wo aus er Kasse und Kollegen im Blick hat. Zu Hause ist es nicht anders: Jeder hat seinen Platz am Tisch und die Köchin oder der Koch sitzen meistens der Küche am nächsten.

Der Fotograf

Ich betrachte die Bilder, die ein befreundeter Fotograf im Barbiershop gemacht hat. Das sind spektakuläre Momentaufnahmen. Sie zeigen die Konzentration, die Präzision, mit der die Barbiere ihrer Arbeit nachgehen. Auf einem Bild sieht man, wie eine Hand das Rasiermesser führt, während die andere die Haut festhält, der Kopf des Barbiers ist nach vorne gebeugt, der Blick konzentriert, der Mund leicht geöffnet. Er widmet sich den Details. Auf einem anderen Bild sterilisiert er eine Rasierklinge mit einem Feuerstrahl. Durch den Blick des Fotografen werden die Barbiere zu Superstars, wogegen Kunden beliebig und in den Hintergrund gerückt sind. Die Kulisse der Bilder könnte als

moderner Barock beschrieben werden: Ein altes Gebäude, hohe Decken, Kristallleuchter, goldfarbene Elemente. Als ich seine Bilder lobe, kommentiert der Fotograf: »Der Barbiershop ist ein dankbares Objekt.«

Der schnell abgefertigte Kunde

Er tritt über die Schwelle des Salons und grüßt. »Salam.« Wie alle heute Anwesenden hat er keinen Termin. Er setzt sich auf eine Couch, zu Männern, die mit gebeugtem Kopf und gespreizten Beinen mit ihrem Handy hantieren.

Nach einigen Minuten wird er zu einem der le-
dergepolsterten Barbierstühle gewinkt. Es ist
14:18 Uhr. Er erklärt kurz, was er sich wünscht.
Der Barbier nickt, spricht gleichzeitig über den
Kopf des Kunden hinweg erst mit einem Kollegen, dann mit einem gerade hereingekom-
menen Mann. Dabei rasiert er die Seiten blank.
Der Kunde wirft einen Blick auf die Videos im
Fernseher, mit Sängern, die den gleichen Haarschnitt tragen wie die, die im Salon gemacht
werden. Der Barbier kürzt ein wenig das Deckhaar und schneidet einen fließenden Übergang.
Etwas theatralisch zieht er den Umhang ab. Es
ist 14:36 Uhr. Die Uhren an den Wänden des Salons zeigen aber 10:10 Uhr und 16:25 Uhr. Der
Kunde betrachtet sich kurz im Spiegel, steht
auf, legt 10 Euro auf den Tresen und schon sitzt
der Nächste auf dem noch warmen Platz. Der
Frischfrisierte steckt sich ein Bonbon in den
Mund und geht hinaus. Draußen vor der Tür
hocken zwei junge Männer.

Der neue Kunde
Der Barbier geht hinaus. Er begleitet den Mann,
der gerade hereingekommen war, als er den letzten Kunden abgefertigt hat, zu einem Anwalt –
als Dolmetscher. Etwas später ist er wieder da.
Ein neuer Kunde wünscht sich in Erinnerung
an eine Fernreise und auf der Suche nach etwas Exotismus in seinem Alltag eine Kopf- und
Bartrasur mit Rasiermesser. Der Barbier legt
Schaum auf die Glatze. Zwischendurch nimmt
er einen Anruf entgegen, textet, fummelt an

der Fernbedienung rum. Neben den Beats hört der Kunde sichtlich vergnügt, das Geräusch des Messers auf seiner Haut. Es ist ein außerordentlicher Moment, der auf einem Foto festgehalten wird. Ungefragt bekommt er die »Totale«: Ohren- und Nasenhärchen werden entfernt. Während das Wachs fest wird, raucht der Barbier draußen eine Zigarette. Zurückgekommen zieht er das Wachs ab und zeigt dem Kunden, dem fast die Tränen gekommen sind, die Ausbeute an Härchen auf dem Wachsstreifen. Am Ende bleibt kein Haar auf dem Kopf übrig. So soll es sein. »Auf Wiedersehen.« Er kommt sicher wieder.

Die Eindringlinge und die Freunde des Hauses

Es ist noch früh. Der Salon ist fast leer. Ein Barbier sitzt bei leiser Musik, mit Gebetskette und Handy. Er trinkt Tee. Bald werden ältere, wortkarge Männer mit Beuteln und Sandalen auftauchen, später junge, gepflegte, arabisch und deutsch sprechende Männer. Die Ruhe wird dem Tumult weichen. Zwei Männer kommen herein. Einer sagt »hi«, »hallo, Bruder«, antwortet der Barbier mit einem Handschlag. Es ist nicht klar, was die zwei wollen. Nach einer gewissen Zeit fragt einer: »Willst du Zigaretten?« »Ich rauche nicht«, erwidert der Barbier lakonisch, der offensichtlich keinen Ärger haben will. Es folgt ein verwirrendes Gespräch. Als sie weg sind, sagt der Barbier zu mir: »Neulich haben sie mir Elektronik angeboten. Sie sollten lieber arbeiten gehen.«

Im Hinterraum sitzen junge Männer herum und rauchen. Sie gehören zum festen Kern, dem Stammpublikum unter den täglich wechselnden Kunden. Eben hatten zwei von ihnen noch draußen gehockt, jetzt halten sie sich hinten auf. Wie haben sie das geschafft?

Ich

Ich schaue den Barbieren bei der Arbeit zu. Es läuft vieles gleichzeitig ab. Es fällt mir schwer, die Handlungsabläufe vorauszusehen, was wird als Nächstes passieren? Manchmal halte ich inne und mache kurz die Augen zu: Ich nehme die Musik aus der Fernsehanlage wahr, Gesprächsfetzen auf Arabisch und Deutsch, klingelnde Telefone, das Summen der Straßenbahn, die sehr nah am Salon vorbeifährt. Zwischendurch fege ich den mit Haaren, Halsschutzkrausen und Rasierklingenverpackungen übersäten Boden. Ich erkunde den Ort: Ich suche nach Handtüchern, probiere die Geräte, enthaare mir die Beine mit dem Ohren-und-Nasen-Wachs. Die Barbiere setzen sich zu mir, um sich mal ein Haar aus einem Finger zu entfernen oder mir die Empfehlung des Kindes für das Gymnasium zu zeigen. Ein Kunde will wissen, wie ich heiße.

Ach ja, ich schneide auch Haare und unterhalte mich ausgiebig mit meinen Kunden. Die meisten sind Studierende, vor allem Männer. Wenn ich mit einem Haarschnitt fertig bin, kommt oft ein Barbier, kontrolliert und korrigiert meine Arbeit. Neulich sagte er, dass ich besser geworden sei: Von einer 1 auf eine 4 wäre ich gekommen. Es fragt sich nur, ob von 5 oder 10 ... Ich darf bleiben. Ich bin ein »dankbares Subjekt«.

Im Moment ist der Barbiershop keine Konkurrenz zu Damensalons. Die niedrigen Preise und die kundenfreundlichen Öffnungszeiten betreffen sie nicht. Denn: Angesichts des herrschenden Personalmangels in der Branche kommen Damensalons der Nachfrage kaum nach. In diesem Kontext erschien es mir günstig, einen Vorschlag zu machen.

— »Was hältst Du davon, eine kleine Barbierausbildung zu machen? Der eine Typ im Laden ist richtig gut und wäre bereit dazu«, schrieb ich der Chefin des Salons, die gespannt auf meine Beobachtungen war, auf WhatsApp.
— »Im Prinzip schon. Im Moment ist es aber schwierig, weil wir nur zur zweit sind. Vielleicht können wir so etwas im kommenden Monat machen?«, vertröstete sie mich.

Erschienen als »Vieles läuft gleichzeitig«, *Mitteldeutsche Zeitung*, 3. August 2022, S. 16.

Café der Ungekämmten

Das Café, von dem ich berichten möchte, liegt im Zentrum der Stadt. Es besteht aus zwei Räumen, mit einfachen Holztischen und ein bisschen Deko, zurzeit mit Tulpen angerichtet. Im Hintergrund ertönt Musik, je nach Geschmack der Mitarbeiterinnen: Depeche Mode, Bob Marley oder es läuft irgendein Radiosender. Die Kundschaft wird teils mit Herr und Frau angesprochen, teils mit Vornamen. Man kennt sich. Das Ganze strahlt eine ungezwungene und bescheidene Behaglichkeit aus.

Was ist so besonders an diesem Café, dass es eine Schilderung verdient? Dort findet man den günstigsten Kaffee der ganzen Stadt (50 Cent), auch das Essen ist erschwinglich. Zum Durchblättern liegt eine Zeitung vom vorigen Tag. Abgesehen von einigen Zufallsgästen wird es von Stammkunden, die die Stadt nie verlassen haben oder von weit herkommen – aber nicht zwingend aus dem Ausland –, besucht. Sie haben Zeit. Die Beschäftigung des Wartens füllt sie ganz aus. Sie wird bloß vom Essen und einigen Terminen unterbrochen: Beim Sozialberater oder heute – wie ein Blatt auf einer Tafel ankündigt – bei der Friseurin. Die Friseurin bin ich und für mich ist das Besondere am Café, dass seine Besucher und Besucherinnen nie oder nur selten zum Friseur gehen, also nicht zu den Menschen gehören, die ich gewöhnlich in Salons antreffe.

Im schmalen Flur zwischen WC und Abstellkammer hat man mir einen improvisierten Salon eingerichtet. Er besteht aus einem blauen Gartenstuhl aus Plastik und einem kleinen Tisch, wo ich Schere, Kamm und Haarklammern ablege. Dort begrüße ich meine Kundschaft und bitte sie, sich zu setzen. Der Stuhl steht so, dass sie zur offenen Tür des Cafés schauen. So sehe ich das Publikum des Cafés aus einer mit Straßenbahnen befahrenen Allee hereinkommen und bin im Hörradius der Gespräche.

Ich habe mal von einem Friseur gelesen, der 1927 gesagt haben soll: »Nur Schauspielerinnen und Lebedamen haben ein Gespür dafür, was ihnen stehe, die übrigen hätten nur den einen Wunsch: Sie wollten schön aussehen.«[*] Ja, schön, das will ich auch sein. Anders hier: Auffallend ist, wie anspruchslos die Kunden und Kundinnen sind. Sie sagen mir entweder »alles ab« (einfach) oder »Sie machen's schon« (uneindeutig). Die trockenen Haarschnitte sind leicht zu machen (langweilig), sogar für eine Friseurin in Ausbildung. Als ein älterer Mann sich etwas frech eine »Teen-

[*] Zitiert nach Lüdtke (2021), S. 53.

ager-Frisur« wünscht, freue ich mich (herausgefordert).

Die meisten Besucher, so scheint es, bevorzugen keinen bestimmten Stil. Die Haare haben sie manchmal selbst geschnitten und, im Fall von Frauen, selbst getönt – Rot oder Aubergine. Als Friseurin hatte ich mal beobachtet, dass in der Bevölkerung nur eine kleine Anzahl von Haarschnitten vorkommt. Daher vermutete ich, dass diejenigen, die sich selbst die Haare schneiden, einen eigenen Stil haben. Aber da lag ich falsch. Ein Stil muss imitiert werden, Nachahmer und Nachahmerinnen haben, um als solcher erkennbar zu sein. Ein Stil hat eine kollektive Dimension, verbindet, schafft Gemeinschaften. Die Ungekämmten haben keine Follower und das Café kann in dieser Hinsicht als Sackgasse der Mode beschrieben werden. Vielleicht freue ich mich deshalb so sehr, dort zu arbeiten. So kann ich vielleicht einen bescheidenen Beitrag zum sozialen Anschluss der Kunden und Kundinnen und zur Ästhetik des Cafés leisten.

Im Café ist mir ein Stammgast begegnet, dessen Frau die Wohnung seit über einem Jahr nicht verlassen hat. Ob ich einen Hausbesuch in einer Plattenbausiedlung im Süden der Stadt machen könnte?

Am verabredeten Tag macht eine ungekämmte Frau mühsam die Tür auf.
— »Soll ich eine Maske aufsetzen?«, frage ich.
— »Nein. Ich habe kein Corona und bin nicht geimpft«, antwortet sie etwas atemlos.

Sie lässt sich in einen Sessel vor dem Fernseher fallen. Ich packe mein Werkzeug in der Küche aus und stelle es auf die Kochplatte. Währenddessen bringt der Mann seiner Frau einen Stuhl.
— »Ich geh nicht mehr raus. Es ist schlimm. Ich war ein Jahr nicht beim Friseur, ich bin krank. Ich sag's Ihnen: Es ist schlimm«, eröffnet die Frau das Gespräch, als sie sich seufzend hinsetzt.
— »Was haben Sie, wenn ich fragen darf? Diabetes?«
— »Das auch.«
— »Wie hätten Sie es gern?«
— »Kürzer«, antwortet die Frau lapidar und erweist sich damit als ebenso anspruchslos wie die Kundschaft des Cafés.

Während ich das feine graue Haar schneide, entsteht ein Gespräch, dessen Themen denen in einem Salon gleichen: Die Wohnung (seit 15 Jahren lebt das Paar dort; in die Neustadt wollte es nie), die Kinder und Enkel (beschäftigt; kommen nicht so oft, wie gewünscht), Urlaub (zweimal auf Mallorca) und Aktuelles (Ausländer, die bevorzugt werden; »das ist aber okay«).
Im Hintergrund streitet sich laut ein Paar vor dem Fernsehgericht (er habe ihr vorge-

täuscht, Investmentbanker zu sein; sie musste das Geld verdienen). Würde der Fall des Paares im Wohnzimmer in die Sendung kommen, wäre das Drehbuch leicht zu schreiben: Sie könne »nüschts« tun, er müsse »allet« tun.

— »So!«, sage ich einigermaßen zufrieden, als ich die Schere zur Seite lege.
— »Danke«, sagt kurz die nun gekämmte Frau – schon auf dem Weg zum Sessel.

Nun ist die Frau frisiert, aber es ändert sonst nicht viel. Warten tut sie eigentlich nicht mehr, sie seufzt nur. Immerhin kann der Mann mal ins Café gehen, wo er das Warten tätigen kann. Manchmal spielt er Karten. Eine Friseurin, wo er noch hin und wieder hingeht, hat er auch noch und damit die theoretische Möglichkeit, sich einem Stil und anderen Menschen anzu-schließen.

Erschienen als »Das Café der Ungekämmten«, *Mittel-deutsche Zeitung*, 12. Juli 2022, S. 16.

Zwei Friseurinnen hospitieren im Barbiershop

Im August 2022 habe ich zwei Friseurinnen eines Salons mit Barbieren zusammengebracht. Hier lasse ich eine von ihnen berichten.

Meine Kollegin und ich betreten den Barbiershop. Ich bin gespannt. Ich bin zum ersten Mal in solch einem Laden. Angenehm ist es, zwar etwas unordentlich, aber auf schöne Art anders. Wir grüßen den Chef, der gerade einen Kunden abfertigt, und begeben uns in den Wartebereich.

Als der Kollege, der uns hospitieren lässt, einen Kunden herbeiwinkt und sich an die Arbeit macht, wenden wir uns ihm zu und beobachten alles genau. Er benutzt einen breiten Kamm. Wieso? Mit wie viel Millimeter blendet er mit der Maschine ein? Ich frage nach, dafür bin ich da!

Der Kunde sagt, dass er Mark heißt und jede Woche hierherkommt, wegen Haarschnitt, Bart, Ohren oder Nase – je nachdem. Zu zweit schauen wir zu. Als ein weiterer Kunde sich zu uns gesellt, schauen wir zu dritt. Den Barbier stört das nicht. Der Kunde lässt uns zuschauen, scheint aber doch etwas genervt zu sein. Was soll's? Ich will alles sehen. Zu mir kommen auch Männer, manche alle zwei Wochen, aber keiner so wie dieser. Mit seinen 200-Euro-Sweatpants sieht er so aus wie ein Hip-Hop-Sänger oder ein Produzent.

Es passiert so viel gleichzeitig. Ich gehe nach vorn zum anderen Barbier. Was macht er? Aha, Muster, zwei Striche mit einem Gerät. Das kann ich auch. Das würde ich gern im Salon probieren. Dieses Gerät sollten wir auch bei uns haben. Ob die Chefin so etwas anschaffen würde?

Meine Kollegin ist schüchtern. Sie ist noch jung. Sie hat noch nicht die Sicherheit, die mit meinem Alter kommt. Ich bin 54.

Ich bin keine Meisterin. Meine Eltern hatten keinen Salon, den ich hätte übernehmen können. Ich hätte mich selbstständig machen sollen, aber es waren schon so viele Salons in der Stadt ... über 200 ... Hätte ich es dennoch machen sollen? Als Meisterin koste ich zu viel, das ist unrentabel für Arbeitgeber.* Nee, das lohnt sich einfach nicht. Dafür war ich überall, habe mich weiterbilden lassen (in England, Frankreich, Schweden), dadurch kann ich auch mehr verdienen – das muss ich meiner jungen Kollegin erzählen. Wenn ich ehrlich bin, will ich mehr ... Vielleicht etwas Ökologisches mit den geschnittenen Haaren machen oder eben solche Barbiersachen?

Oje, hier ist es wie Montag beim Amt, es sind so viele Kunden ... Was? Sie waschen gar

* Eine Friseurin in Vollzeit verdient 1881 € im Monat (Bruttoentgelt, Median). *https://web.arbeitsagentur.de/entgeltatlas/beruf/9907?alter=2* eingesehen am 08. 09. 2023.

keine Haare? Ach ja, es wird alles trocken geschnitten, interessant. Mensch, das geht alles
so schnell!

Der andere Barbier kümmert sich um einen
Metrosexuellen: Fein und sauber definierte Augenbrauen, gewachste Wangen, kurz geschnit-
tene Haare, so stellt man sich keinen Araber vor,
oder wie sagt man doch: »Männer arabischer
Herkunft«?

Der Hip-Hop-Typ setzt eine Designer-Brille
auf, zahlt und verabschiedet sich mit einer Bewegung – Schulter an Schulter – beim Barbier,
nicht aber bei uns. Er schaut noch nicht mal
eine Sekunde in unsere Richtung, zieht seinen
Hoody über und geht hinaus.

Ach, ich muss auch los. Es ist schon 10:30
Uhr. Meine Kundinnen warten schon auf mich.
Ich werde vom Barbiershop erzählen, was sie
da so machen, auch, dass sie in Ordnung sind.
Nette Kerle, doch.

Bisher unveröffentlicht.

Ein Barbier bekommt Besuch von Friseurinnen

Und nun lasse ich den Barbier erzählen.

Oh, stimmt. Das war heute. Die deutschen Friseurinnen sind schon da. Ich muss noch das neue Zeug aus dem Auto holen, hab' in Leipzig neue Geräte für den Laden gekauft. Und ich mache mir noch ein Mate.

Mein Kunde ist auch schon da. Cooler Typ, Barkeeper. Ich habe interessante Kunden: Ärzte, Professoren, Studenten. Ich habe vor dem Krieg auch studiert, Jura. Ich bin jung, bald 26, Sternzeichen Stier.

Die zwei Frauen gucken zu, wie ich dem Kunden mit der Klinge den Kopf rasiere. Kein Ding. Ich bin schon lange Barbier. Ich könnte mit geschlossenen Augen und einer Hand arbeiten. Okay, das wär's mit ihm, fertig! Er kommt jede Woche, ich mach' ihm den alten Preis. Oder? Klar doch, 12 Euro.

Die zwei sind nun bei Ahmed. Ob die Ältere Meisterin ist? Vielleicht können wir irgendwie zusammenarbeiten, es ist immer so schwierig

* Eine in Deutschland abge-schlossene Friseurausbildung ist nicht zwingend nötig, um in einem Friseur- und Barbiersalon arbeiten zu können, allerdings muss diese Arbeit unter der Aufsicht einer an-erkannten Meisterin oder Meister stattfinden. In seltenen Fällen wird von der Handelskammer eine Ausnahmebewilligung genehmigt, die den Meisterbrief ersetzen kann.

mit den Behörden ... * Zeit für eine Ausbildung habe ich keine – ich habe eine Familie und muss auch noch Geld nach Syrien schicken ... Und ich kann es gut.

Ach, die Musik passt nicht. So ist besser. Ich singe gern mit, das aber war nichts.

Neulich waren wir in der Zeitung. Wir wurden darauf angesprochen. Nicht schlecht.

Wieder so viel zu tun heute. Ich werde bestimmt bis 21 Uhr arbeiten. Und dann zu Hause, auch Stress ... Da kommt Rabih. Das trifft sich gut. Ich wollte ihn etwas fragen ...

Bisher unveröffentlicht.

Kein David im Raum

Mit der Maschine schneide ich ihr ein ganzes Stück zerzauster Haare ab. Mein 12-Uhr-Termin ist nicht erschienen und ich habe Zeit für sie. Sie heißt Sabine und ist Anfang vierzig. Sie ist unangemeldet mit einem Mann und einem frisch geborenen Kind erschienen. Zusammen gehen wir in meinen improvisierten Salon in der Wärmestube für Wohnungslose und Obdachlose, ein schmaler Kachelflur zwischen WC und Dusche.

Während ich einen tiefen Bob in ihr auberginefarbenes Haar schneide, erscheint ein Mann im Türrahmen und grüßt uns freundlich. Er begibt sich dann in das Zimmer nebenan, um eine kurze Andacht zu halten, wie sie täglich um die Mittagszeit von wechselnden Geistlichen gehalten wird und die Anwesenden daran erinnert, dass es sich hier um eine kirchliche Einrichtung handelt.

Obwohl wir uns etwas abseits des Zimmers und vom Zentrum des Geschehens befinden, nehmen wir Einiges wahr. Das laute und fröhliche Geplänkel, das um diese Uhrzeit herrscht, weicht der Ruhe. Das Publikum sehen wir nicht, den Pfarrer aber schon. Er steht vor der Tür zum Salon. So gerahmt erscheint er uns wie ein Fernsehprediger.

Der Pfarrer atmet tief ein. Für diejenigen, die ihn nicht kennen, stellt er sich kurz vor: *Mein Name ist X. Ich bin Pfarrer im Ruhestand.* Überganglos fragt er dann: *»Gibt es einen David hier im Raum?«* Nein, es gibt keinen David. Kein Problem, die Andacht kann trotzdem anfangen. Während ich den Bob in Form bringe, schauen Sabine und ich der Andacht zu und kommentieren sie leise.

David war ein König, von Israel, vor mehr als 3000 Jahren, als Jerusalem viel kleiner als heute war. Er war ein mächtiger Mann. Eines Tages sah David eine Frau, die ihm gefiel.

»Na, na.«

Sie hieß Batseba und war die Frau eines Mannes namens Urija. David ließ sie zu sich holen. »Sie hatte wohl keine Wahl ...«

Es passierte, was passieren musste: Er schlief mit ihr. David hatte bereits ein Harem, aber okay. Das Hauptproblem lag daran, dass Urija – also Batsebas Mann – Offizier war und gerade Krieg in Davids Namen führte. Es schickte sich nicht für einen König, mit der Frau eines kämpfenden Offizieren zu schlafen.

Batseba wurde schwanger »War klar.«

David hat ein Problem, nicht wahr?

»Es wird spannend.«

Er veranlasste, dass Urija mit seiner
Frau schläft. Er organisierte ein Fest für
Offiziere. Es wurde spät und es wurde
viel getrunken. David sagte zu Urija:
»Geh' jetzt zu deiner Frau und ent-
spann' dich.« Aber er wollte nicht. Seine
Soldaten kämpften und er sollte sich
vergnügen? Nein, das ging nicht. Also:
zweiter Anlauf. David organisierte
noch ein weiteres Fest, mit demselben
Ergebnis. Am Ende blieb ihm nichts
anderes übrig: David schickte Urija zur
Front, wo er getötet wurde. David ist
eine Sau.

»Ich sage immer: ›Der Mensch ist entweder gut oder schlecht.‹«

Nach einer rhetorischen Pause fährt der Pfarrer fort:

Nach Urijas Tod wurde David der
Beschützer der Witwe und des Waisen-
kindes. Das wurde ihm von allen hoch
angerechnet, aber er fühlte sich schlecht,
schuldig. Irgendwann

»Sabine, dein Kleiner quengelt. Willst du hingehen?« – »Der Papa macht das schon.«

bittet er Gott um Vergebung »Alles klar, aber wofür genau?«
Und wissen Sie was? Ihm »Ja, ihm wird vergeben.«
wird tatsächlich vergeben.

Der Pfarrer macht eine weitere Pause. Es ist 12:20 Uhr. Er muss langsam zum Ende kommen und irgendeinen Bogen zur Gegenwart schlagen, bevor das Essen kalt wird.

Die Moral der Geschichte? Man kann sich wie eine Sau verhalten und kann, wendet man sich zu Gott, Vergebung bekommen ... Hier gibt es keinen David, aber es hätte ja sein können ... Das ist schließlich ein geläufiger Name ... Lasst uns das »Vaterunser« beten »Vater unser im Himmel, geheiligt werde dein Name. Dein Reich komme. Dein Wille geschehe, wie im Himmel so auf Erden ...«

Zum Schluss zeichnet der Pfarrer ein Kreuz in der Luft und segnet die für uns unsichtbaren Menschen

»Amen.«

Schnell ist das Geplänkel wieder hörbar. Wie aus dem Fernseher ausgestiegen, erscheint der Mann wieder im improvisierten Salon. Er segnet uns und, immer noch höflich, verabschiedet sich. Der Vater des Kindes eilt mit dem hungrigen Neugeborenen zu Sabine. Ich mache den Haarschnitt in drei Minuten fertig. Auf die abgesprochenen Stufen müssen wir verzichten.

Der Pfarrer hat eine pointierte Geschichte erzählt, mit Spannung und in zugespitzter Sprache. Es gelang ihm unsere Aufmerksamkeit – zumindest für einen Moment – zu wecken. Eine Lehre über unsere mögliche Erlösung hat er uns durch die Geschichte Davids vermitteln wollen. Er hat uns als reuige Sünder mit Chancen angesprochen und uns zu Verantwortung und Hoffnung ermutigt.

Mag sein, dass es dem Format geschuldet war, aber mir schien, dass da etwas fehlte. Wir hätten uns irgendwie austauschen müssen. Wie kann man kommentarlos eine Geschichte, die sich vor 3000 Jahren abgespielt haben soll, einfach so erzählen und uns dann mit einer diffusen Verwirrung in den Tag entlassen? David war ein König, er befand sich tatsächlich nicht unter uns. Was ist mit uns? Wir sind vor Gott vielleicht gleich, aber sonst? Lebenschancen sind eben nicht gleich verteilt. Und was ist mit Batseba in der Geschichte und ihrem Willen? Was genau wurde David vergeben? Es blieben viele Dinge in der Luft hängen.

Sabine und ich konnten uns gut leiden. Ich hätte gerne ein bisschen mit ihr geredet, überhaupt, über ihre Kinder und ihr Enkelkind – und über die Andacht, was sie zum Beispiel mit »der Mensch ist entweder gut oder schlecht« meinte.

Beim Hinausgehen sehe ich zwei mir bekannte Männer aus der Stube. Sie rauchen. Ich hätte mich mit ihnen unterhalten können, wären sie nicht schon während der Andacht hinausgegangen, um eine Zigarette zu paffen.

Als ich auf mein Fahrrad steige und wegfahre, denke ich an Sabine. Ich war etwas verwirrt, und dennoch froh, sie schöner gemacht zu haben. Lebenschancen sind nicht gleich verteilt, Schönheit auch nicht, aber doch unabhängig von sozialem Status und Gottesvergebung.

Bisher unveröffentlicht.

Weibliche Kundschaft im Barbiershop

Wenn ich erzähle, dass ich hin und wieder in einem der vielen syrischen Barbiershops der Stadt tätig bin, erkundigen sich meine Gesprächspartner durchaus neugierig und doch etwas bang: »Wie ist das, als Frau dort zu sein?« »Gibt es überhaupt weibliche Kundschaft?«

Barbiershops ziehen ein männliches Publikum an. Dass Frauen in der Minderheit sind, weckt Neugier und lädt zugleich zu einer nüchternen Betrachtung ein. Wer sind sie und was suchen sie dort? Um sich eine Vorstellung von ihnen zu machen, will ich einen beliebigen Tag Revue passieren lassen, heute zum Beispiel: Eine Frau ohne Termin kam herein – eine sogenannte *Laufkundin* –, die schnell den Damenbart entfernt haben wollte; eine andere erschien mit Termin auf Empfehlung ihrer Schwester zu einem bestimmten Mitarbeiter, der jahrelang als Friseur international unterwegs war; eine Stammkundin wünschte sich den kurzen Haarschnitt, der hier gerade tonangebend ist; ein Mädchen begleitete seinen Freund. An dieser Stelle möchte ich auch die Präsenz von zwei Männern erwähnen, weil sie Dienstleistungen wünschten, die für Damensalons typisch sind: eine Blondierung und eine Dauerwelle.

Und noch eine weitere Kundin kam, eine Frau um die siebzig. Ich sah sie im Wartebereich sitzen, eine Handtasche eng an der Seite. Dass ich mich kurz über ihre Anwesenheit wunderte, ist ein Zeichen dafür, dass Frauen hier Ausnahmen sind. Als sie den Chef ansprach, deutete sie auf meinen Haarschnitt und wünschte sich einen ähnlichen. Weil er immer genug zu tun hat, schaute er auffordernd in meine Richtung. Mit leichtem Kopfnicken und einer höflichen Handbewegung bat ich die Frau zu meinem Stuhl.

Mich interessierte, wieso sie ausgerechnet an diesem Tag gekommen war. Ob sie in der Nachbarschaft wohnte? Nicht so richtig, denn sie sei mit dem Auto da. Sie hatte keinen Termin, sei aber schon einmal hier gewesen und von einem jungen Mann zufriedenstellend bedient worden.

Wir kamen ins Gespräch: das 49-Euro-Ticket, der Schwager in einer mir bekannten benachbarten Stadt, die lokale Zeitung. Durch das »no«, das sie hier und da einstreute, wie um eine rhetorische Frage zu bestätigen, ließ sich die Frühprägung durch eine slawische Sprache vermuten, die sich in den lokalen Dialekt fast gänzlich eingefügt hatte. Nachdem sie meine Vermutung bestätigt hatte, konzentrierte sich unser Gespräch auf Themen, die ihr Herkunftsland berührten: der Besuch einer Kollegin, einige literarischen Gestalten, die letzte Präsidentenwahl und meine lang-jährigen Versuche, eine slawische Sprache zu erlernen.

Unterdessen verließ die Schwester der zu-friedenen Kundin schwarz gefärbt wie eine Frau aus dem Mittelosten den Salon, während der Strom junger Männer, die kamen und gin-gen, nicht nachzulassen schien.

Meine Kundin stammte aus einem ehemals sozialistischen Nachbarland, das überall be-liebt ist, obwohl seine Bewohner vom Gegen-teil überzeugt sind. Sie lebt seit den 1970er Jah-ren in der Stadt – damals verliebt, heute ver-witwet. Sanfte und aufregende Erinnerun-gen an die Anfangszeiten weichen einer eher durchmischten Haltung der Gegenwart gegen-über. Ihr Reisepass aus dem Heimatland würde bald ablaufen und die Zeit sei reif, einen deut-schen zu beantragen (»Na, wer weiß, was pas-siert, falls die AfD an die Macht kommt ...«).

Während ich die dicke Mähne in Form brachte, plauderte die Kundin aus ihrem Le-ben. Dabei berichtete sie auch von Dingen, die man nicht zwingend ansprechen muss, weil sie nicht so relevant sind und nicht für jeden gleich nachvollziehbar. Dinge, die man aber dennoch eher beiläufig erwähnt, weil sie ein wenig aus dem üblichen Rahmen fallen mögen. Dinge, die nicht schlimm sind, einen aber doch beschäfti-gen – psychische Krankheiten, sexuelle Orien-tierung, Moden und Tendenzen.

Als ich die Mähne einigermaßen gezähmt hatte, sahen wir uns plötzlich wieder in den

Salonalltag mit seinen Themen zurückversetzt. Dennoch blieb etwas, ein unsichtbares Band, zart und verletzlich, das wir während des Frisierens gewebt hatten. Und so umarmte mich die Unbekannte beim Hinausgehen und versprach wiederzukommen.

Als ich selbst im Begriff war, den Salon zu verlassen, waren die Barbiere immer noch am Arbeiten und ich befürchtete, dass sie sich durch die ständig wiederholenden Handgelenkbewegungen die Schulter langsam aber sicher auskugeln würden. Unter den vielen Männern, die noch warteten, fiel mir eine Frau ins Auge, die sich am Waschbecken die Haare waschen ließ.

Für die Neugierigen, die sich um die Frauen im Barbiershop sorgen oder diejenigen, die ihre Neugier befriedigen möchten, seien die Kundinnen hier nochmals aufgeführt: Verwandte von zufriedenen Kundinnen; Anhängerinnen einer bestimmten Ästhetik, die für den Salon typisch ist; Begleiterinnen von Freunden oder Kindern; Ungeduldige, die gerade nach einem Haarschnitt lechzen und die der Zufall hineingetrieben hat.

Es mag sein, dass es in dieser Gemengelage von Interessen und Aussehen etwas Gemeinsames gibt, und dass es sich doch um keine rein zufällige Gesellschaft handelt. Auffallend ist, dass viele der Frauen im Barbiershop – mich eingeschlossen – eine Migrationsgeschichte haben. Diese gemeinsame Erfahrung scheint das Übertreten der Salonschwelle zu erleichtern. Sollte sich der Aufenthalt dann auch noch als angenehm erweisen und die Kundin wiederkommen, dann führt das möglicherweise zur Aufnahme in die Gemeinschaft der Stammkunden.

Bisher unveröffentlicht.

Habibti

An der Tür des Friseursalons in der belebten Allee klebt ein Aushang: »Zutritt nur für Frauen.« Aha, interessant. Obwohl ich meine Haare wachsen lassen möchte,[*] gehe ich hinein.

Das Interieur duftet angenehm. Die Wände sind »vintage pink« mit Spiegeln und goldenen Ornamenten verziert. Auf durchgesessenen Couchen sitzen kurz- und langhaarige Frauen, ohne Kopfbedeckung. Im Hintergrund ertönt arabische Musik aus einer unsichtbaren Stereoanlage. Sanftes Sprechen, deutsch und arabisch. Mehrere blaue Augen, hängend oder auf Möbel gestellt, schützen uns vorm bösen Blick während eine tragbare Trennwand mögliche Blicke von außen verhindert. Ich befinde mich in einem *safe space*.

— »*Habibti*, komm!«

Die Friseurin, die mich freundlich zu sich ruft, hat lange gestreckte Haare, schwarz. Sie trägt eine Fliegerbrille mit goldenem Rahmen, ein weißes T-Shirt und eine Jeans mit einem Handy in der hinteren Tasche. Darüber trägt sie – halb

[*] Als Konsequenz meiner Beschäftigung mit diesem Buch, siehe »Kinnlang«, S. 140–144.

Pilotin, halb Cowboy – einen Gürtel mit ihren Arbeitsinstrumenten.

Mit langen Fingernägeln wäscht sie mir die Haare und massiert die Kopfhaut. Es tut gut. Heute bin ich Kundin und bekomme Komplimente. Sie lobt meine Locken. Mit Schwung schneidet sie meine Haare, während sie bei meiner Stuhlnachbarin eine Farbe ziehen lässt.

Sie spricht hallesch mit fremdem Akzent. Ob ich aus Frankreich komme? Der Salon ist seit Januar in Betrieb. Davor war es schwierig. Nun ist sie ihre eigene Chefin.

— »So *Habibti*, das macht 30 Euro«, sagt sie und gibt mir eine Karte mit ihrem Namen drauf.

Draußen geht das Leben seinen Gang.

Bisher unveröffentlicht.

Das Weltchen

»Das Caféhaus ist gefährlich, denn es schafft ein eigenes
Weltchen, ein Café [...] ist stets eine Lokalisierung, ist Provinz«

Witold Gombrowicz, *Die Tagebücher II* [1957–1961]

Der Friseursalon liegt unauffällig im Erdge-
schoss eines Hauses in einer Wohnstraße. Er
geht verantwortungsbewusst seinen Pflichten
nach. Er bedient langjährige Kundinnen und
deren Männer, berät sie kompetent. Man kann
ihn als alteingesessen ansehen, denn es gibt ihn
schon seit DDR-Zeiten, also lange als Famili-
enunternehmen. Die politische Wende brachte
Umbauten und Sanierungsarbeiten mit sich.
Was einmal Teil der Familienwohnung war, ist
nun Hauptbereich des Salons. Hier entspricht
das Wort Salon seinem wörtlichen Sinn, den es
in der französischen Sprache hat: nicht nur Friseursalon, sondern auch Wohnzimmer.

Ich durfte mich hier aufhalten, als Friseurin
und Kundin. Vorweg möchte ich bemerken: Der
Friseursalon ist ein Muster seiner Gattung. Er
hat all das, was man von einem solchen Etablis-
sement erwartet: Trockenhauben, Stühle, Zimmerpflanzen, eine Theke. Sein lebendes Inven-
tar setzt sich aus mehreren freundlichen Mitarbeiterinnen und einer treuen Kundschaft zu-

sammen. Bei aller Normalität haftet dem Salon dennoch etwas Mysteriöses an, das ich lange nicht näher zu bestimmen vermochte.

Ich will gleich von einer Situation berichten. Eines Tages kam ich als Kundin dorthin. Als ich eintrat, war ich in einem Anflug von heimischem Gefühl und der lokalen Gepflogenheiten wegen fast im Begriff, mir die Schuhe auszuziehen. Die Chefin führte mich aus dem Hauptbereich in einen weiteren Raum, der hinter einer winzigen Kammer versteckt lag. Im Halbschatten betraten wir einen mir neuen Bereich, einen zweiten Salon – mit Friseurstühlen und Trockenhauben. ›Aha! Der Salon führt also ein Doppelleben‹, dachte ich mir. Ohne Weiteres machte sich die Chefin geschickt ans Werk. Kaum hatte sie die braune Farbe gelegt, verschwand sie allerdings plötzlich durch die Kammer in den Hauptbereich. Als ich auf sie wartete und auf das Handy griff, musste ich feststellen, dass dieser zweite Salon von der Außenwelt getrennt ist: Er liegt in einem Funkloch.

Die Chefin erschien wieder und wir setzten unser Gespräch fort. Auf einmal ging die Tür auf. Eine der Mitarbeiterinnen marschierte aus dem Hauptbereich mit zwei Kleidern über dem Arm herein, gefolgt von einer älteren Kundin. Die Mitarbeiterin öffnete eine weitere Tür nach hinten und war – samt mitgebrachten Kleidern – verschwunden. ›Hm, dieser zweite Raum ist also auch ein Durchgangszimmer, und der Salon geht noch weiter‹, bemerkte ich. Dort probierte sie die von der Kundin abgelegten Kleider an. Währenddessen plauderte die Kundin los. »Wissen Sie, Ihre Mutti hat mir auch mal was jeschenkt, einen Badeanzuch. Ich trag ihn aber nicht mehr«, erzählte sie der Chefin und presste dabei ihren Bauch an meine Schulter. Die Mitarbeiterin trat zwei Mal aus dem Hinterzimmer und paradierte vor uns, jeweils in einem der Kleider. Wir lobten sie einstimmig und versicherten ihr, dass die Kleider ihr ausgezeichnet standen.

Hier, im ehemaligen Wohn- oder Esszimmer der Familie, herrschte eine Art Freimaurerei, die Friseurinnen und Kundinnen, Kundinnen und Friseurinnen auf eine besondere Weise untereinander verband. Die räumliche Gestaltung des Salons wirkt, dachte ich mir soziologisch-schlaumeierisch, teleskopisch auf die Art der Beziehung: Umso weiter und versteckter, desto näher und privater. Im versteckten Raum ist man »unter sich«. In ungezwungener Gemütlichkeit wird alles bekakelt, werden Angelegenheiten geregelt, Kleidungstücke und Badeanzüge – praktisch Unterwäsche – getauscht. Es wird viel geredet, frei, hemmungslos, auch wenn manche Kundinnen gesiezt werden.

Erst später wurde mir klar, worin das Mysteriöse an diesem Salon bestand. Es lag nicht an seiner scheinbar unendlichen Räumlichkeit, an der Trennung in einen offiziellen und einen inoffiziellen Bereich, an dessen geheimem Charakter und Wirkung auf die Beziehungen, wie ich zuerst dachte. Vielmehr: Der versteckte

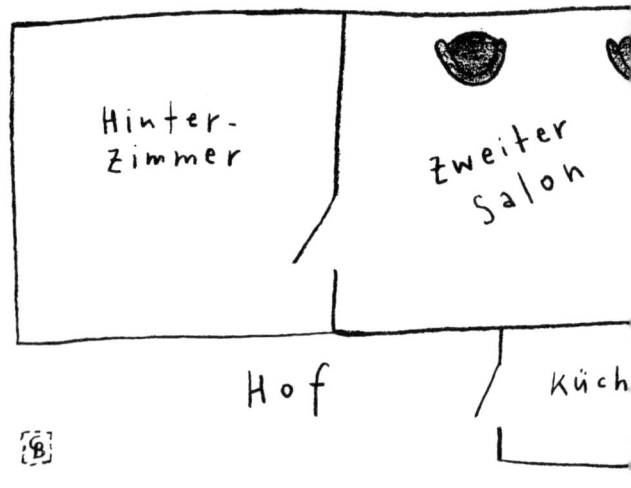

Raum legte das Mysteriöse offen. Als ich wieder vorn saß, bemerkte ich, dass es dort nicht viel anders zuging und dass der Salon doch kein Doppelleben führte. Wie hinten herrschte vorn die gleiche ungezwungene Atmosphäre einer kleinen geschlossenen Gesellschaft – eines Weltchens. Der Hauptbereich wirkte bis dahin so normal, dass ich nicht in der Lage war, ihn zu entziffern. Mir fiel es erstmal nicht auf, denn alles war, wie man sich eben einen Salon vorstellt – gesellig, kommunikativ, angenehm und nett.

Worauf ich eigentlich hinauswill? Der alteingesessene Salon ist ein Weltchen. Die Eingeweihten bilden eine nach innen demokratische Parallelgesellschaft, welche die nicht Eingeweihten zu Gästen macht. Dabei ist es nicht

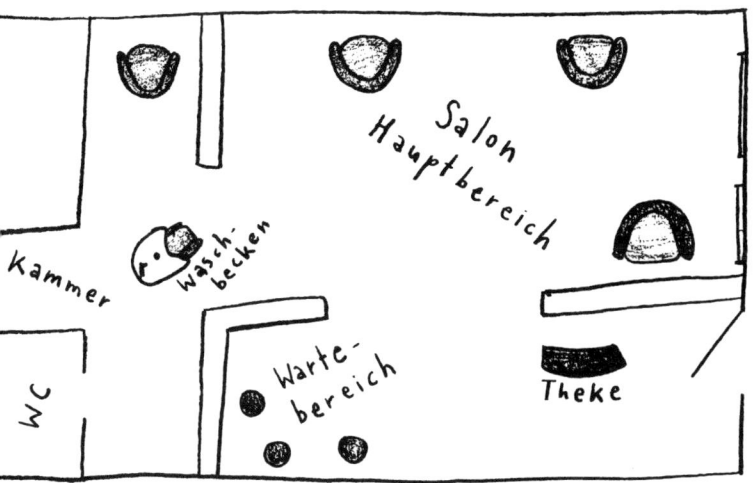

Kammer

WC

Wasch-
becken

Warte-
bereich

Salon
Hauptbereich

Theke

so, dass man nicht aufgenommen werden kann. Dafür bin ich der lebendige Beweis – neulich war ich sogar selbst im hinteren Raum und habe einen Rock anprobiert. Also: Man kann durchaus als Einzelner mit seinen Geschichten und seiner Biografie in die alltäglichen Gespräche und Erfahrungen des Weltchens eingewebt werden. Voraussetzung dafür ist, dass man sich den hier herrschenden ungeschriebenen Regeln fügt, Sympathie aufbringt, sich nicht abgehoben verhält und einiges – Blicke, Sprüche, Themen, Verhalten, die einem sonst vielleicht peinlich oder unangebracht wären – verkraften kann. So gesehen ist der Salon die Gesellschaft im Kleinformat: Hier wird tagtäglich ein »Wir« produziert – mit gemeinsamen Erfahrungen, mit Tratschen und Geschichtchen, einer eige-

nen Materialität, Ästhetik und Mundart. Ostdeutsch, normal.

Ähnlich wie an anderen geselligen Orten –
in bestimmten Cafés, Bars, Gartenkolonien
oder an manchen Stränden – fühlt man sich
im Friseursalon wohl, dankbar und geehrt, in
die kleine Gesellschaft, in das Weltchen aufgenommen zu sein. Als soziologische Beobach-
terin kann man dafür nur dankbar sein. Doch
wenn man die Situation und ihre Bedingungen
– als die private Person, die man bleibt – einmal
wahrgenommen hat, ist einem das manchmal
nicht ganz geheuer. Man spürt etwas leicht Be-
drückendes.

Erschienen als »Das Weltchen«, *Brücke. Erste Erfurter
Straßenzeitung*, 122, 2024.

Kameras, Spaß und Intrigen

»**B**lockier den Mann, der dir seine Telefonnummer gegeben hat«, schreibt mir um 23:13 Uhr der Chef eines Barbiershops.

Woher weiß der Chef, dass der Mann, den er nicht mag, mir zwei Tage zuvor seine Telefonnummer gegeben hat? Er war doch nicht dabei. Einer der Anwesenden könnte es ihm erzählt haben, aber das bezweifle ich sehr. So wichtig bin ich nicht. Also? Er hat sich wahrscheinlich die Videoaufnahme des Tages angeschaut. In den Läden – es gibt zwei Barbiershops, einen Meister, mehrere Chefs, Mitarbeiter und Freunde des Hauses – hängt je eine Überwachungskamera.

Im Frauensalon südlich vom Zentrum gibt es auch eine alte Kamera, aber sie ist ein Fake. Sie soll abschreckende Wirkung haben. Der Friseursalon am Rande der Stadt hat kein Gerät dieser Art, über eine Alarmanlage wird jedoch nachgedacht. Mit Kameras hatte ich mich bisher noch nie beschäftigt.

Gleiche Woche, anderer Tag. Ich betrete die Küche eines der Barbiershops. Der dortige Chef isst im Stehen und schaut sich live die Videoaufnahme im anderen Laden auf seinem Handy an. Er bietet mir einen Löffel an und zeigt auf das Video. Ein Barbier räumt auf. »Oh, wieso schaust du dir die Videos an?«, frage ich, während ich ein Stück Zucchini verzehre.

Am Anfang meiner Zeit in den Barbershops wurden mir am Telefon schöne Grüße aus dem anderen Laden gerichtet (»X hat Dich gesehen. Ich spreche gerade mit ihm. Er sagt ›Hallo‹«). Einmal schickte mir ein Chef einen Screenshot einer Aufnahme, ein Bild von mir im Laden. Danach entstand ein kurzer Nachrichtenaustausch. Von den Kameras wusste ich also, aber ich hatte sie längst vergessen. Nun waren sie mir bewusst geworden.

Zurück zu meiner Frage in der Küche. Wenn es zu wild wird, so antwortet der Chef, greift er zum Telefon, um die Stimmung etwas runterzufahren. Überhaupt wird ständig telefoniert, mit den Kollegen, Ehefrauen, Familienmitgliedern in der Heimat, Bekannten. Einige Kunden stört die überschwängliche Geselligkeit, die manchmal im anderen Laden herrscht, erklärt der Chef.[*] »Die deutschen Kunden mögen es nicht, wenn zu laut geredet wird oder zu laut Musik gespielt wird. Für uns ist es normal.« »Es stört sie auch, wenn ihr Arabisch sprecht«, entgegne ich: »Es ist ihnen suspekt.«[*]

Die Kameras dienen also nicht nur zur Abschreckung vor möglichen Einbrüchen. Sie deuten auf eine andere Funktion hin: Die Kontrolle und Überwachung der Männer in den

[*] Siehe »Für meine Kunden: Kleine Orden und soziologische Lobe«, S. 184–195.

[*] Wie Simmel in der »Soziologie der Sinne« gemerkt hat, sehen ohne zu hören – oder wie hier ohne verstehen zu können – macht ratloser als hören ohne zu sehen (1997 [1907]), S. 283.

Läden. Der Chef, der im Stehen isst, ist so was wie ein wohlwollender Wächter der Sittlichkeit der Barbiere sowie der Freunde des Hauses und beobachtet sowas wie: Wer mit wem und wie redet, wie mit Frauen umgegangen wird oder wo geraucht wird.

Der Mann selbst ist aber auch dem Blick von mindestens einer anderen Person unterworfen: Dem zweiten Chef im anderen Salon – der mich zum Blockieren einer Telefonnummer aufgefordert hatte. Auch er hat Zugang zu den Aufnahmen. Ich kann mir gut vorstellen, dass er sich die Videos anschaut, um zu erfahren, wie viel im anderen Laden gearbeitet wird, um dies mit der Leistung seines Teams zu vergleichen.

Später, am gleichen Tag. Ein Barbier meldet sich per WhatsApp. »Chef, mach die Kamera-App auf! Schau mal, wir feiern Geburtstag.« Vom anderen Laden aus nehmen wir an der Party teil. Die Stimmung ist gut. Nun kann ich die Kamera nicht mehr vergessen. Ich überlege, ob sich das Ansehen von Überwachungsvideos – auch von zu Hause aus – womöglich zu einem Hobby entwickelt hat.

Meine Kollegen sind in Netzwerke verstrickt, immerzu in Kontakt, ständig dem Blick anderer unterworfen. Sie sind durchgehend vergesellschaftet, ohne dass dies thematisiert wird. Nun frage ich mich: Was hat das für mögliche Folgen? Und was haben die Kameras damit zu tun?

Die Kameras schaffen Transparenz und Öffentlichkeit, können aber zugleich Handlungsmöglichkeiten einschränken und kleine Ge-

heimnisse und alternative Kommunikations-
methoden fördern. Das ständige Beobachten
kann in manchen Fällen das Verhalten beein-
flussen: Man ist auf der Hut, argwöhnisch, die
Beziehungen zu anderen werden ambivalent.
Unabsichtlich entsteht ein Nährboden für Intrigen, die wiederum dank der Überwachungs-
instrumente gedeihen können. Mittels Kameras – und Handys – kann man Wissen, Informationen und Beweismaterial sammeln. So
können manche Bilder oder Gespräche aufgenommen, um eventuell gegen andere (Konkur-
renten, Behörden, vielleicht auch Bekannten
oder Familienmitgliedern) benutzt zu werden.
So lässt sich eventuell ein Vorteil verschaffen,
um eigene Interessen durchzusetzen oder sich
schützen, sollte man von einem Dritten unter
Druck gesetzt werden, oder wenn man einfach
in Ruhe gelassen werden will.

Mir ist nicht bekannt, wie viele Menschen
Zugriff auf die Videoaufnahmen in den Barbiershops haben. Eines ist anzunehmen: Nicht alle
wollen – oder würden – gleichermaßen von einem Spiel mit Informationen profitieren. Manche machen einfach ihr Ding und sehen – wie
ich einst – die Kamera nicht. In einer Studie
über Intrigen argumentiert ein Soziologe[*], dass
manche Personen mehr Interesse   [*] Paris (1998), S. 206.
haben, solches Wissen für sich zu nutzen: Die,
unter den »Mittelmächtigen«, die sich min-
dermächtig, unterlegen und benachteiligt fühlen. In dem Fall sind die Chefs zum Teil in einer solchen Position, weil sie von einem Meis-

ter abhängig sind. Die Mächtigen, führt der Soziologe weiter, haben keinen Bedarf; die ohne Macht keine Zeit.

»•• Wo bist Du?«, schreibt ein Chef mir manchmal, wenn ich nicht auf der Kamera-App zu sehen bin. Ich finde es lustig, denn es ist ein Spiel, ein kurzes Hallo. Trotzdem macht mich das etwas nervös. Ich kann den Gedanken nicht vertreiben, dass auch meine Telefonnummer irgendwann aus irgendeinem Grund blockiert wird.

Bisher unveröffentlicht.

Wenn die Stadt Erfurt ein Haarschnitt wäre, wäre sie einer mit einem fließenden Übergang (connected), während Halle einer ohne Übergang (disconnected) wäre.

Bodenständig schön: Abstecher nach Erfurt

Une coupe honnête

An diesem Montrealer Morgen freute ich mich, die Technik »shears over comb« (Schere über Kamm) zu lernen, die derjenigen ähnelt, die man mit einer Haarschneidemaschine anwendet. Mein Ausbilder, dem die Bezeichnung dieses Schnitts gerade nicht einfiel, beschrieb ihn als den »klassischen« Schnitt, wie bei alten Barbieren.

Getreu seinen pädagogischen Prinzipien ließ mich der Ausbilder nach kurzer Erklärung gleich ans Werk. Als ich mit meinem Model fertig war, sagte ich ihm – wie um ihm zu versichern, dass er – obwohl nicht besonders gestylt – doch gut aussah: »C'est une coupe honnête« (»Das ist ein anständiger Schnitt«). Belustigt postete er eine Story auf Instagram – ein Spiegel-Selfie auf dem Friseurstuhl, beschriftet mit »une coupe honnête«.

Als ich mir das Bild anschaute, kamen mir meine ersten Friseurin-Erfahrungen aus Erfurt in den Sinn. Ein Teil meiner Models – »Opfer« wäre in diesem Zusammenhang wohl eher zutreffend – waren damals Gesprächspartner aus einem vorangegangenen, in Erfurt durchgeführten, Projekt. Stets fürchteten sie, dass ich ihnen *keinen* anständigen Schnitt verpasse. Sie sprachen es nicht aus, aber ich wusste, sie hatten ein Grauen vor der so genannten »Migrantenfrisur« – jenem mit Maschine angefertigten sehr kurzen und akkuraten Schnitt, der für die neuen Barbiere und deren Ästhetik emblematisch ist.

Als ich meinem Ausbilder diese Befürchtungen mitteilte, wusste er sofort, was ich meinte. Die Technik des »shears over comb«, entgegnete er, wirke weniger akkurat als die mit der Haarschneidemaschine – oder, positiv ausgedrückt: »natürlicher«. Und, fügte er hinzu, das ist eben das, was »hier und in Europa den Geschmack trifft«.

Es wäre verlockend, im Bekenntnis meiner Models (die übrigens diese glamouröse Bezeichnung mit Sicherheit ablehnen würden) zu einem »anständigen« Schnitt, den Versuch zu sehen, sich von einer bestimmten Schicht, Gruppe oder einem Männerbild distanzieren zu wollen. Diese Erklärung greift aber zu kurz. Denn es ging ihnen nicht nur darum, sich abzugrenzen. Meine Models waren nicht *gegen*, sondern *für* etwas. Und dieses »etwas« ist eine Ästhetik, die sich nicht als solche bekennt, weil sie als »normal« betrachtet wird.

Nachdem ich ihm einen »coupe honnête« verpasst hatte, schrieb mir eines meiner Erfurter Models, es sei überaus zufrieden: »Ich schaue hin und wieder in den Spiegel und denke mir: ›So kannst du dich sehen lassen!‹« Im Gegensatz zu seinem Montrealer Pendant mit Selfie war hier keine Ironie zu spüren.

In diesem Zusammenhang und im Gegensatz zu einem perfekten und geleckten Maschinenschnitt, der schließlich als nicht »authentisch« gelten kann, ist »shears over comb« eben dies: Ausdruck des Maßhaltens. Mehr geahnt als begriffen entsprach womöglich die Idee, diese Technik zu erlernen, den Wunschvorstellungen meiner früheren Erfurter Models.

Bisher unveröffentlicht.

Kleine Reparaturwerkstatt — Asyl der Bodenständigkeit

An dem Tag kam Andreas in den Barbiershop nach Halle. Er war Teilnehmer einer früheren Studie gewesen, die ich in Erfurt durchgeführt hatte.[*] Der 53-jährige Mann kann als Inbegriff der Bodenständigkeit beschrieben werden, »der mittelstädtische mittelständische Mitteldeutsche«[*]. Bodenständig hatte ich im darauffolgenden Buch definiert als Haltung oder Ethos des Maßhaltens: nicht zu viel, nicht zu wenig, genau richtig.

Lachend und fröhlich kam Andreas herein, grüßte in die Runde, umarmte mich. Auf dem Weg in die Großstadt Berlin hatte er einen Schlenker über Halle gemacht. Neugierig wollte er mich beim Barbier besuchen und sich die Haare schneiden lassen.

Ich kann mich nicht mehr erinnern, ob Andreas einer unter den vielen Teilnehmern und Teilnehmerinnen meiner Studie aus seiner Stadt war, die stolz behaupteten, keinen Stil zu haben. Auf jeden Fall fiel sein Haarschnitt in Erfurt sicher nicht auf, er könnte höchstens als »klassisch« beschrieben werden. Seit 20 Jah-

[*] Siehe Thériault (2020).

[*] Ich danke Erhard Schütz für den Satz.

ren ist Andreas Kunde bei der gleichen Thüringer Friseurin in einem Salon, wo alles längst automatisch läuft. An solchen Orten wird – ohne
dass es je Thema wird – Bodenständigkeit mit
der Schere produziert: gepflegt, gleichmäßig,
unauffällig.

Andreas und ich redeten viel im Barbiershop, zum Haarschnitt jedoch bewusst wenig.
Das ist eine Strategie, die ich punktuell einsetze,
zum Beispiel, wenn es um die Anwendung von
Haarprodukten oder das Schneiden der Augenbrauen mit der Maschine geht. Nach dem
Motto: »Fragst du, kannst du es vielleicht nicht
machen, denn es könnten Zweifel entstehen.«
Ich legte also einfach los, mit der Maschine.
Zwischendurch kam der Chef dazu, als hätte er
den Ruf der Bodenständigkeit eines extraterritorialen Kunden gespürt, und bot Andreas gast-
freundlich ein für den Barbiershop ungewöhn-
liches Getränk an, einen Kaffee.

Es gelang mir, Andreas eine zwar nicht ex-
zentrische, aber dennoch modische Frisur zu
machen: weniger bodenständig, eben etwas
glamouröser. Oft habe ich mich gefragt, wer
eigentlich entscheidet, wie frisiert wird – Friseurin oder Kunde? Oder beide? Es gibt keine
klare Antwort. In diesem Fall habe ich, wie erwähnt, selbst entschieden. Den freiwilligen Besuch an einem dafür geeigneten Ort habe ich als
ein Zeichen der Zustimmung interpretiert. Am
Ende war Andreas mit seinem Haarschnitt zufrieden. Ich auch, ästhetisch, aber nicht nur. Es
war, als hätte der neue Schnitt etwas in ihm in

Einklang gebracht, eine innere Spannung zwischen dem Ideal der Bodenständigkeit (geordnete Familie, gepflegter Wohnort, gemäßigter Lebensstil) und seinen Wünschen (nach Freiheit und Aufbruch) ausbalanciert. Obwohl er in unserem Gespräch mir und sich versicherte, dass er – und seine Kinder – das Richtige machen, war der neue Haarschnitt wie ein kleines Statement: »Ich bin bodenständig, aber nicht nur.«

Wenn Teilnehmer aus einer früheren Studie sich in ein neues Projekt einladen, wie Andreas aus Erfurt, der in den Halleschen Barbiershop plötzlich reinplatzt, werfen sie ihr Licht auf den untersuchten Gegenstand. So erscheinen Friseursalons als Orte der Herstellung und Wiederherstellung der Normalität und zugleich, wenn sie gewechselt werden, als Asyl davon. Damit mutieren sie manchmal zu kleinen Reparaturwerkstätten, wo innere Spannungen in Angriff genommen werden können.

Erschienen als »Kleine Reparaturwerkstatt«, *Mitteldeutsche Zeitung,* **24. August 2022, S. 16.**

Die Schönheit Cluesos

Mit Einkaufstaschen kam meine Mitbewohnerin in unsere WG und sagte, sie hätte eben Clueso auf seinem Skateboard gesehen. Ich wohnte schon seit acht Monaten in der Erfurter Altstadt und hatte ihn kein einziges Mal zu Gesicht bekommen. Als ich das sagte, versuchte sie, mich mithilfe einiger Musikvideos in die Welt des Sängers einzuführen.

Wie ich ihn persönlich finde, wollte sie später wissen. Meine Meinung kann hier egal sein, es geht um Grundsätzlicheres: Cluesos Beliebtheit bei meinen Bekannten und Freunden und um den Schlüssel zu seinem Erfolg – jenseits des effektiven Marketings.

Auf der Suche nach Antworten habe ich mir vieles angeschaut, angehört, angelesen: auf YouTube und Instagram, in einem Buch und in verschiedenen Kommentarspalten. Ein paar Wochen lang. In Montreal stehe ich heute noch morgens nicht selten mit einem Ohrwurm seiner Melodien auf und ertappe mich manchmal dabei, kleine Rapper-Handbewegungen beim Hundespaziergang zu machen.

In der Thüringer Landeshauptstadt kennt man ihn oder zumindest jemanden, der ihn kennt. Clueso ist ihr stolzer Sohn. Er wurzelt in Erfurt und ist im dortigen Zentrum sesshaft. Als Teenager machte er Breakdance in der Tanzschule Traut – wo andere vor der Jugendweihe Tanzunterricht nahmen und später durch Tanzen etwas Schwung in ihre Beziehung zu bringen versuchten. Eine Ausbildung als Friseur hat er fast abgeschlossen. Mit seiner Musik ist er deutschlandweit berühmt geworden. Erst Rappiges, dann Melodisches, auf Deutsch.

Wie kann man ihn beschreiben? Er ist Mitte vierzig, 1980 geboren, und gehört zu denjenigen, die jünger aussehen, als sie sind und die das Älterwerden akzeptabel machen. Er hat noch manche Züge eines Kindes – einen wie vor Erstaunen leicht geöffneten Mund – und schon die etwas müden Augen eines reiferen Mannes. Er trägt die Haare kurz, dazu Streetwear und Sneakers. Er ist gepflegt, clean halt. Er hat kein Tattoo oder zumindest kein sichtbares.

Am Fr., 1. Mai 2020 um 14:49 Uhr schrieb Theriault Barbara <barbara.theriault@umontreal.ca>:

Habe gerade Clueso gesehen und musste an Dich denken! Grüße aus Erfurt

Envoyé de mon iPhone

Als ich ihn endlich erblickte, schrieb ich diese kurze Nachricht einer Freundin, die mal ein wahrer Clueso-Fan war. Mit anderen Menschen, die durch seine Erscheinung leider verblassten, stieg er gerade aus einem beigen Mini Cooper. Sie hielten an, als sie Bekannte vor einem Kulturzentrum, wo früher ein Plattenladen war, erkannten. Er machte einen Handschlag als Begrüßung und wir Passanten fühlten uns für einen Moment wie in einem Musikvideo.

Xxxx Xxxxxx Xxxxxx <xxxxxxxxxxxxxx@gmail.com>
samedi 2 mai 2020 à 12:05

Ach, wie toll! Traummann ;-)

Dieser flüchtige Moment war der glückliche Anlass, Kontakt mit der Freundin aufzunehmen, die inzwischen verheiratet und schwanger war, bei einer Bundesbehörde arbeitete und immer noch so begeistert von Clueso war.

»Was magst du an ihm?«, fragte ich.

»Er ist so schön, vielleicht ein bisschen klein,« gab sie zu, um gleich korrigierend hinzufügen: »aber nicht zu klein.«

Und vor allem: »Er ist total lustig, er kann viel Zeugs erzählen, zum Beispiel Udo Lindenberg nachmachen. Auf seinen Konzerten haben wir immer viel gelacht.«

Das unterstrich auch sachlich ein anderer Freund bei einer Autofahrt: »Er redet viel beim Konzert. Er erzählt immer etwas vom Leben – nicht wie Rammstein oder andere Bands, die ihr Ding durchziehen.«

Die Freundin erklärte: »Seine Musik ist eine Mischung aus Hiphop und coolem Rap. Aber er spricht vom Alltag und strotzt nicht wie die scheiß Gangster-Rapper vor toxischer Maskulinität.«

Es stimmt. Seine Musikvideos präsentieren keine hypersexualisierten Frauen, ohne ein Statement daraus machen zu wollen. In Interviews ist Clueso zwar direkt, jedoch nicht vulgär.

Seine Musik sei heute ruhiger, mehr Mainstream; früher – als er vielleicht auf Jugendweihefeiern aufgetreten ist und später in Thüringer Clubs – sei er mehr Rapper gewesen, aber nicht komplett. Die Musik sei heute noch gut, kommentierte die Freundin weiter.

Als ich auf seine gesunde Lebensführung zu sprechen kam (es scheint, als trinke er keinen Alkohol und rauche nicht), wies sie darauf hin, dass er früher gekifft habe. Er habe aber mal beim Konzert gesagt, die Zeit sei vorbei. Auf Videos und Fotos sieht man ihn oft beim Kaffeetrinken, ein Getränk, das für Geselligkeit und – des Koffeins wegen – für Arbeit und lange Nächte steht.

Wenn man mithilfe einer Software Tausende Bilder von Gesichtern übereinanderlegt, findet man – so habe ich mir sagen lassen –, was als Schönheit allgemein betrachtet wird. Man möge, so die Beobachtung, ein »Durchschnittsgesicht«. Ein solches computergeneriertes Bild würde vermutlich keinem Menschen entsprechen – wie ein Bekannter, den man doch nicht kennt, oder nur fälschlicherweise zu kennen meint. Ich weiß nicht, ob eine solche Software tatsächlich existiert. Wenn ja, spuckt sie vielleicht das Bild von Thomas Hübner alias Clueso aus, ein zweifellos schönes Bild, aber ohne besonderes Kennzeichen.

Mag sein, dass Clueso schön ist, weil er uns als normal erscheint. Schön, aber nicht zu schön, ein – was die Beauty-Literatur stets betont – sowohl subjektiv als auch objektiv selten erreichtes Gleichgewicht. Der Sänger ist so normal, dass er besonders wird.

Zur ästhetischen Dimension mag noch einiges zum Reiz Cluesos beitragen, beispielsweise seine Bindung an seine Heimatstadt. Nicht, dass er in Erfurt lebt, ist wichtig (das tun 214 416 andere Menschen auch), sondern, dass er weiterhin dort lebt. Das gilt als bodenständig und wird ihm hoch angerechnet. Bekannte und Unbekannte werden nicht müde, es zu betonen: Trotz Erfolg und Prominenz bleibt Clueso in seiner Heimat, einer Stadt, deren mittlere Größe für manche genau richtig ist, während sie für andere zu eng ist. Es scheint selbstverständlich zu sein, dass viele die Stadt verlassen. Ein dortiger Kulturschaffender erklärte mir, dass er sich freue, wenn junge Menschen bleiben, die »was drauf« haben, denn er habe schon so viele weggehen sehen. Und weil er selbst geblieben ist, fühlt er sich genötigt, eine Liste von Gründen hinzuzufügen …

Zu seinem Wohnort wird Clueso regelmäßig befragt: »Wieso er nicht in Berlin lebt?« Dass er sich rechtfertigen muss, deutet auf eine leichte Ambivalenz oder Kritik hin. Er nimmt seine Alben in Köln und Berlin auf. Und er war schon weg, drei Jahre in Köln. Kam aber wieder. Im Fernsehinterview kommentiert er es so: »Es war wie ein langes Wochenende.« Vielleicht um diesem Rechtfertigungszwang zu entkommen und damit der Sache einen Punkt zu setzen, hat er ein Lied darüber geschrieben.*

* *Bleib hier*: »Bleib einfach hier und lern dich umzusehen« / »Du solltest deine Stadt nicht unterschätzen.« Auch eine Chemnitzer Band ist in ihrer Heimatstadt geblieben (siehe das Lied: *Ich will nicht nach Berlin*) und engagiert sich – im Gegensatz zu Clueso – politisch.

Clueso ist nicht nur in der Stadt geblieben, er ist auch auf dem Boden geblieben. Dank des Raps – ein Genre, das Laien das Musikmachen ermöglicht – widersetzt er sich soziologischen Theorien und Determinismen. Es handelt sich um einen Glücksfall, den eines Menschen »von unten« – einen Autodidakten in der Musik –, der etwas ist und genauso sein darf, wie er ist. Er bewegt sich in mehreren Welten, duzt alle, ohne dass es merkwürdig oder peinlich wäre oder polarisieren würde. Man sieht ihn und es entsteht der Eindruck, er könnte ein Freund, ein guter Kollege sein. Man zweifelt nicht an seiner Authentizität. Das macht ihn sympathisch, cool irgendwie.

Das Sympathisch-Sein zeichnet Clueso aus und scheint eine der meistgeschätzten, aber unauffälligen Eigenschaften unserer Zeit zu sein.

Dies gilt für viele Bereiche. Wichtig ist es zum Beispiel, eine angenehme Kollegin, ein zugänglicher Lehrer oder eine verbindliche Freundin zu sein.

✂

Sympathisch zu sein kann auch als »bloß nett« gedeutet werden. Dem ist die Kulturkritik nicht entgangen. Und so ist es bei Clueso: Er sei, so heißt es zuweilen, unpolitisch und seine Musik weichgespülter Pop.

Seine Lieder – er selbst sagt »Songs« – sind zugegeben nicht politisch. Sie sprechen ein unbestimmtes Du an und feiern die Freundschaft. Und in vielerlei Hinsicht stellen sie die Sehnsucht einer breiten Mitte der Gesellschaft dar. Möglich, dass Clueso sich gegen diese Annahme wehren und von der Mitte abgrenzen wollen würde, aber seine Songs treffen den Nerv der Zeit. Dass viele Menschen sich in ihnen wiederfinden, liegt wohl daran, dass sie etwas ausdrücken, wonach sie implizit oder halb bewusst träumen. Als ich beschäftigte und gestresste Frauen und Männer aus der Mitte der Gesellschaft fragte,[*] was sie sich als Tattoo stechen lassen würden, war ihre Antwort auf das moderne Tempo »Gelassenheit«. Meine Frage war hypothetisch. Meine Gesprächspartner und Gesprächspartnerinnen wollten partout kein Tattoo, aber über ein Sweatshirt mit dem Schriftzug »Flugmodus« aus Cluesos Online-Shop hätten sie sich si-

[*] Siehe »Imaginäre Tattoos«, in Thériault (2020), S. 30–34.

cher gefreut. Flugmodus heißt eben, in Cluesos Sprache übersetzt, Gelassenheit.

Seine Lieder und das von ihm herausgebrachte Buch (*Clueso. Von und über*[*]) handeln von Unruhe, Bodenlosigkeit, Suche nach Haltung und Antworten, von dem Wunsch nach Freiheit und vom Loslassen. Einer Ungewissheit der Zukunft gegenüber prognostizieren Cluesos Songs einen positiven Ausgang. »Es ist alles ok« verspricht der Refrain von *Flugmodus*. Mag sein – und er deutet selbst in Interviews darauf hin –, dass die Stadt, die Freunde, die Leute von früher ihn auffangen, ihm Halt bieten.

Sollten die Kulturkritiker recht haben und manche der neueren Songs sich kurz vor der Grenze zum Schlager bewegen oder sollte es manchmal zu melancholisch und sentimental zugehen, kann man sich eins vergegenwärtigen: Viel kann gesungen werden, was man nicht sagen könnte.

Clueso gibt der Stadt Erfurt mitunter ihren Namen; und sie nimmt ihn dankbar an: lokal und global; ostdeutsch, ohne einen Hehl daraus zu machen. Er strahlt so was aus wie: »Das Heimatgefühl ist okay, es ist nicht unbedingt rechts.« Clueso verkörpert damit das Positive an der Bodenständigkeit.

Clueso ist kein bunter Hund, nicht exzentrisch. Wie Männer seiner Generation und jen-

* Clueso (2010).

seits – seien es Verwaltungsangestellte, Ärzte oder Radiomoderatoren – trägt er Jeans und Hoodies. So ist es beim Konzert auf dem Erfurter Domplatz: Seine Fans tragen die gleichen Sneakers, singen gemeinsam, sind unter sich. Und wenn Clueso »Geil!« sagt, klingt das wie »Härrlisch!« bei älteren Männern in karierten Hemden. Alt und Jung, zur gleichen Zeit. Eine Integrationsfigur. Das wird heute geschätzt.

Wahrscheinlich bin ich Clueso in Erfurt öfter begegnet, ohne ihn bemerkt oder erkannt zu haben – so wie ich ihn sowieso schon tausendmal im Radio gehört haben musste. Das liegt sicher daran, dass er so normal aussieht. Normal und einzigartig.

Erschienen als »Die Schönheit Cluesos«, *Brücke. Erste Erfurter Straßenzeitung*, 119, 2022, S. 57–59.

Stumme Zeugen der Zeit

Mitte Januar. Der Morgen ist grau und nass. Es nieselt. Ich steuere auf den Erfurter Domplatz zu, wo geräucherter Fisch, Goldbroiler, Gebäck, Körbe und Gemüse aus der Region zu erwerben sind. Draußen in Decken eingewickelt sitzt schon die treue Gesellschaft eines Cafés.

Drinnen im geräumigen Salon ist es warm, hell und noch leer. Seit der frühen 1990er Jahren ist hier alles unverändert: Das Aushängeschild vor der Tür, das Mobiliar aus weißem Melamin mit schwarzen Details, die Säulen, die die Spiegel wie kleine römischen Tempel umrahmen, Zimmerpflanzen und unzählige Apparate, Vorrichtungen und mechanische Hilfsmittel. Womöglich ist die aus einer Anlage spielende Musik die gleiche wie damals (manchmal frage ich mich, was für Musik in den 1990er Jahren der Sender ausstrahlte, der heute »Hits« aus den 1990er Jahren spielt). Nur die etwas gelblich gewordenen Wände, die wuchernden Grünpflanzen und die Plakate mit Bildern von Models – Werbegeschenke von Haarproduktfirmen – deuten auf Veränderungen hin. Letztere nahm ich wahr, weil ich dort früher schon als Kundin war.

Eine Woche bin ich im Salon als »Friseurin« tätig. Mittags holt mich eine Freundin ab. Auf die Ästhetik des Etablissements angesprochen, kommentiert sie: »Es ist kein Hipstersalon, es ist ein ganz normaler Salon.« In einem Teil des Landes, dessen Aussehen die frühen 1990er stark geprägt haben, fällt der Salon erstmal nicht besonders auf. Beim genauen Hinschauen ist er aber voller kleiner Überraschungen. Hier herrscht kein besonderer Geruch: kein Parfüm, keine Chemie; keine Musik mit lauten Beats, kein Pieps aus dem Handy – im übrigens schaut niemand auf ein Handy oder in ein Magazin. Alle Anwesenden scheinen auf die Gespräche und die Sache, wofür sie bezahlen und sich sichtlich darüber freuen, konzentriert zu sein. Diese Tatsache lässt eine bestimmte Kundschaft erahnen.

Der Salon widmet sich den ästhetischen Bedürfnissen von älteren Damen aus der Stadt. Die wenigen Männer, die hier verkehren, wissen schon vor Ankunft, was sie bekommen, zum Beispiel sechs Millimeter oben und drei an den Seiten.

Wer pünktlich ankommt, ist eigentlich zu spät, denn die meiste Kundschaft erscheint zehn Minuten vor dem Termin, den sie schon beim letzten Besuch oder vor längerer Zeit telefonisch vereinbart haben.

Wie an anderen Orten der Geselligkeit sind die Themen im Salon banal: Wege, die zu erledigen sind, anstehende Termine, allerlei kleinere Klagen über alles Mögliche. Sie sind leicht, wechseln rasch, haben das Reden zum Selbstzweck. Individuelles und Intimes wird vermieden, denn der gesellige Moment droht in Langeweile zu mutieren, sobald sein Rahmen zu persönlich oder ernst wird. Auf eine Formel gebracht: Das Gesetz der Geselligkeit fordert Leichtigkeit und Spaß für alle Beteiligten. Die Friseurinnen sind seine Wächterinnen: Wird es gebrochen, leiten sie die Konversation um und erzählen, zum Beispiel von ihrer Rolle als Mutter oder von ihren Kindern, deren Vornamen sie verschweigen.

Wenn der Salon unverändert ist, entspricht das wohl mehr dem ökonomischen Zwang als dem Willen der Eigentümerin. Auf mich wirkt der Salon irgendwie »vintage«, Ausdruck einer Vergangenheit, die langsam und nur in Teilen ästhetisiert wird.

Vielleicht, weil sie die einzigen Zeichen von Veränderung sind, lassen mich die Plakate mit Bildern von Models nicht los. Auf ihnen sind zu sehen: Eine schön alternde Frau mit langen grauen Haaren, zwei frech aussehende junge Frauen mit Kurzhaarfrisuren und ein Mann mit langem Bart, die Kopfseiten rasiert, der ein Kind auf einem tätowierten Arm trägt. Ich stelle mir gelegentlich vor, dass sie den Salon betrachten und dabei nicht selten ihre gepflegten Augenbrauen hochziehen.

Worauf der Skeptizismus der Frauen und Männer auf den Plakaten beruhen könnte? Sie würden sich wohl fehl am Platz fühlen. Sie passen nicht zu den Kundinnen und Kunden. Sie wären irritiert, dass die Kundschaft stets die gleichen Haarschnitte vorzieht: Kinnlang, kurz mit blonden Strähnchen und mit dunklem Ansatz oder rot gefärbt, was in diesem Teil des Landes lange beliebt war. Sie würden die Neigung zur Vervielfachung der »Normalität« der Friseurinnen scharf kritisieren. Genervt wären sie, denn Letztere willigen ein, genau die Frisuren zu machen, die sie beteuern, nicht zu mögen.

Abgesehen davon, dass sie von geschäftlichen Interessen motiviert sein könnte, mag die Kritik der Models ungerecht sein. Schon möglich, dass die Friseurinnen einen Typus – keine Individualität – in ihren Kundinnen und Kunden sehen, zu dem bestimmte Standardfrisuren passen. Bezeichnend in dieser Hinsicht ist, dass Letztere mit »Frau« und »Herr« angesprochen werden, nicht mit Vornamen. Was sie außerdem sind, wird in der geselligen Atmosphäre des Salons, die das Leichte zulasten des Individuellen bevorzugt, ausgeblendet. Dass es andere Kundinnen und Kunden gibt, die sich etwas Besonders wünschen, erlaubt den Herstellerinnen der Normalität eine Vielfalt zu beteuern, die in Wirklichkeit kaum vorhanden ist.

Bevor sie wieder in das Grau hinaustreten, sehen die Kundinnen und Kunden einen Spruch, der hier und anderswo von Friseurinnen gerne geäußert wird. Hinter der Theke kann man folgenden Schriftzug lesen: »Oft braucht es keinen Psychologen, sondern einfach einen guten Friseur.« Folgendes wäre zu entgegnen: Von einigen Ausnahmen abgesehen, verhindert die gesellige Atmosphäre des Salons tiefe, intime, ja therapeutische Gespräche zu führen. Das soll aber nicht heißen, dass der Besuch nicht guttut. Im Gegenteil. Die Kundinnen und Kunden gehen verschönert aus dem Salon raus, freuen sich über ein nettes Gespräch in vertrauter Umgebung. Zudem sind die skeptischen Models auf Plakaten stumm und werden bald gewechselt.

Erschienen als »Stumme Zeugen der Zeit«, *Ort der Augen (OdA). Blätter für Literatur aus Sachsen-Anhalt,* **4, 2023, S. 33–35.**

Interessante Menschen und Landschaften

Eric Pawlitzky ist Fotograf. In den frühen 1980er Jahren ist er 312 Kilometer quer durch die DDR gewandert. Fast vierzig Jahre später, 2020, ist er im Rahmen eines künstlerischen Projekts die gleiche Strecke noch einmal gelaufen. Ich habe ihn ein Stück begleitet, um fotografische und soziologische Porträts aufzunehmen.

Zu dieser Zeit vor einem Jahr waren wir unterwegs in Sachsen-Anhalt. Wir waren ziemlich verzweifelt, weißt du noch, Eric? Wir wollten unbedingt mit Menschen ins Gespräch kommen. Doch die Straßen waren menschenleer. An der Pandemie lag es nicht. Die wenigen Menschen, die uns über den Weg liefen, gaben uns stolz die Hand und trugen keine Maske. Die Gegend ist längst entvölkert, schon in den 1980er Jahren, besonders aber seit den 1990ern, als viele in den Westen gingen oder in den Großstädten ihr Glück suchten.

Wir waren wie die Geier. Alle Ausreden waren gut genug, um Menschen anzusprechen. Nachdem du so viele Bilder von dieser flachen und trostlosen Landschaft gemacht hattest, war es an der Zeit, mit den Einwohnern in Kontakt zu kommen und die verborgene Beziehung zwischen Mentalität und Landschaft – die Idee im Zentrum deines künstlerischen Projekts – ans Licht zu bringen.

Während dein Interesse vor allem den Landschaften gilt, gilt meines den Menschen. Stets warst du darauf aus, »interessante« Menschen zu fotografieren – wie etwa eine geschminkte Schäferin mit Ganzkörper-Tätowierungen, eine Schamanin im langen Kleid oder Männer, deren Frisuren bittere Assoziationen an die 1930er Jahre hervorriefen. Zunächst fürchtete ich, dass diese besonders auffälligen Menschen die anderen aus dem Sichtfeld verdrängen würden, diejenigen, die meistens unbelichtet bleiben, aber ebenso viel Aufmerksamkeit verdienen. Doch seitdem habe ich meine Meinung etwas geändert.

Die Feuilletonistin und Romanschriftstellerin Irmgard Keun (1905–1982) hat am 1. November 1940 einen Brief an eine Freundin verfasst, der eine Passage enthält, die unsere unausgesprochene Maxime hätte sein können. Sie erzählt von einem Mann, den sie während eines Urlaubes kennengelernt hatte und der ihr mit der Zeit lästig wurde.

Er hat ja mal sehr belebend auf mich gewirkt. Aber das ist vorbei. Er war so wunderbar primitiv; so aus allernächster Nähe kannte ich solche Wesen noch nicht, und es war mir interessant. **Und was mich wirklich interessiert, gefällt mir auch.** *Aber nun hab' ich ihn sozusagen ausgelesen, und er ist eigentlich kein Buch, das ich noch mal lesen und immer wieder lesen könnte. Und ich war für ihn immer eine sehr anstrengende Lektüre.*[*]

[*] Brief an eine Freundin namens Maria, vom 1. November 1940. Keun (2020), S. 9.

Mir gefällt diese Passage. Keun spricht die Neugier an, die uns dazu veranlasst, unwahrscheinliche Begegnungen zu machen. Sie deutet auf die verwischenden Grenzen zwischen unseren Beobachtungen – seien wir Romanschriftsteller, Fotografin oder Soziologe – und unserem Leben hin, auf die Lust, Menschen kennenzulernen, die dann Personen mit eigenem Namen und eigener Physiognomie werden. Dabei geht es nicht darum, potenzielle Leserinnen oder zukünftige Ausstellungsbesucher mit interessanten Personen zu rekrutieren, sondern eher um Abenteuer- und Wissendurst.

Unsere Expedition startete mit einem Spaziergang im Dorf D. Wir waren am späten Nachmittag des Vortags eingetroffen.

Zwei Männer, Mitte vierzig, in Arbeitskleidern, die Schläfen nacktrasiert, begutachteten eine Rampe vor einem Hauseingang.

— »Morgen!«, grüßten wir sie, weil es sich eben
so gehört, weil wir es kaum erwarten konnten,
Dorfbewohnern zu begegnen und sie als Inter-
view-Partner zu gewinnen und weil sie irgendwie unsere Neugier geweckt hatten.

— »Morgen.«

— »Ihr seid gestern gegen 18 Uhr hier langge-
fahren, wa? Kennzeichen M«, sagte einer der
zwei Männer und stellte uns damit seine Be-
obachtungsgabe mit Sinn für Details unter Beweis.

Mehr Ansporn brauchtest du nicht, um deinen Text abzuspulen:

— »Ich war schon mal vor 39 Jahren hier, bin damals von Leipzig nach Schwerin gewandert ...«

— »Du hast ja ne abgefahrene Brille ...«, unterbrach dich einer der beiden, bevor du noch
deine zurechtgelegte Einführung beenden, ge-
schweige denn meine Anwesenheit erklären
konntest.

Ich musste schmunzeln. Du hattest mir eben
noch erzählt, dass du dich sehr bemüht hattest,
nicht aufzufallen: Du trugst an diesem Tag eine
Jeans und eine einfache Lederjacke, schwarz,
und du hattest ein unauffälliges Auto gemietet. Ich hätte es bemerken sollen. Als ich dich
zum ersten Mal sah, Eric, saßt du mit deiner
Frau im oberen Stock eines italienischen Res-
taurants im Zentrum Erfurts. Groß und glatz-
köpfig, in einem bunten gemusterten Anzug
und mit einer exzentrischen Brille aus weißem
Kunststoff, die dich gleich interessant machte.

Eins habe ich dann bemerkt: Unser Aussehen –
ob es nun gefällt oder missfällt – wirkt sich auf
die Möglichkeit zufälliger Bekanntschaften aus,
meinst du nicht?

Zwei Minuten später saßen wir auf einer
überdachten Veranda, einer Art Party-Raum für
feuchte Abende unter Freunden. Zwei Frauen
gesellten sich zu uns. Auf der Suche nach Aufmerksamkeit und nach ein paar vergessenen
Krümeln liefen drei Hündchen mit sorgfältig
getrimmtem Fell nervös auf dem Tisch herum.
Weiter weg konnten wir das Bellen eines unsichtbaren Wesens vernehmen. »Der da kommt
mir nicht ins Haus«, kommentierte lapidar eine
der Frauen. Sie zündeten sich Zigaretten an,
während ein Mann Musik einer lokalen Band
auf seinem Smartphone abspielte.

Unsere Gastgeber waren gesprächig. Themen waren die Region, ihre anstrengende Arbeit, ihre Unternehmen, seltene Urlaube in
Thailand, die Tochter eines Paares, die – nachdem sie durch den Aufnahmetest der Polizei gefallen war – Verwaltung in einer nahegelegenen
Hochschule studierte.

Wir erfuhren auch, dass die Paare sich vor
zwei Jahren in einem Swinger-Club kennengelernt hatten, den sie am selben Abend wieder
aufsuchen wollten.

— »Willst du n Sekt?«, fragte mich einer der
Männer (ich hätte eigentlich lieber, wie du, der
sonst Tee trinkt, ein Bier getrunken, man ver-

mutete aber wahrscheinlich, dass das Getränk nicht zu meiner Erscheinung passte).

Ich streichelte einen der Wuschelhunde und ließ unauffällig meinen Blick durch den Party-Raum schweifen. Während die Haarschnitte und die ausgewählte Musik noch eine gewisse Uneindeutigkeit im Raum stehen ließen, stellte die Deko die ideologische Heimat unserer Gastgeber demonstrativ zur Schau. Unter einer Wanduhr in Form eines Adlers hing ein Gusseisen-Relief des Führers.

Der Adler an der Wand zeigte, wie die Zeit voranschritt. Ich spürte deine Ungeduld, ein Porträt zu machen und dann endlich aufzubrechen. Mir reichte es auch. Schließlich hast du einen der beiden Männer fotografiert. Weil er sowohl ästhetisch wie ideologisch besonders auffiel, hieltest du ihn sicher für ein dankbares Objekt.

Nach dem Foto-Shooting begleitete uns der Gastgeber zur Straße. Auf dem Weg erblickten wir seine Harley Davidson, das unsichtbar bellende Wesen entpuppte sich als ein großer Kampfhund und das mit neuer Rampe ausgestattete Nachbarhaus als Wohnort seiner Schwiegereltern.

»Und ich war für ihn immer eine sehr anstrengende Lektüre.« Hast du gemerkt, Eric, wie Irmgard Keun in dem Briefauszug nicht

nur ihren eigenen Standpunkt anspricht, sondern auch den des Mannes, den sie zunächst als interessant und belebend, mit der Zeit jedoch als lästig empfand? Für unsere Gastgeber waren wir – du mehr als ich, deren Aussehen nicht so auffallend ist – auch interessant, zumindest an diesem Morgen. Wir brauchten keine Gemeinsamkeiten zu finden, wie die Regeln der sozialen Kommunikation es wollen (zum Beispiel die Liebe zu Hunden), um ins Gespräch zu kommen.

Ich kann mir gut vorstellen, dass unser unerwarteter Besuch am Abend im Swinger-Club Thema wurde. Ich stelle mir einen kleinen Dialog zwischen unseren Gastgebern und anderen leicht gekleideten Kunden des Etablissements vor, in der Sauna oder am Tresen:

— »Heute kam ein schriller Typ ins Dorf, n Fotograf aus Berlin. Der hatte ne Brille uff – janz weiß war die ... Schräg. Eine Frau hatte der ooch dabei. Ick hab die beede zu uns einjeeladen.«
— »Der Typ hat n Bild von mir jemacht, n Porträt, für ne Ausstellung. Meine Frau hat jesaacht: ›Mensch, zieh dir n andern Pullover an‹. Sie hat mir was jeholt und ick hab meinn Thor Steinar ausjezogen. Ick war noch nich rasiert, aber meine Frau hat jesagt: ›So siehste doch immer aus.‹«
— »Die Frau vom Typ is janz blass jeworden, wie die deine Wanduhr jesehn hat ... Die hätte n Schluck Sekt trinken müssen. Der hätte sie etwas ofjelockert ...«

Einige Monate später bist du nochmals allein durch die Gegend gefahren, um verschneite Landschaften zu fotografieren. Du hast mir ein Foto vom vereisten Mittellandkanal geschickt mit der Widmung: »Meiner Begleiterin, die diese langweiligen Orte so liebt.«

Aus meiner Wohnung in Montreal wollte ich dir antworten, dass für Landschaften dasselbe gilt wie für interessante Menschen. Was mich wirklich interessiert, gefällt mir auch. Wenn mir diese Orte gefallen, liegt das wohl daran, dass ich dort nicht leben muss. Auf die Dauer wären sie doch anstrengend.

Erschienen auf Französisch als »Des gens et des paysages intéressants«, *Siggi, le magazine de sociologie,* **Herbst 2021, S. 7–12.**

Berührungen

Ein bisschen verliebt

Mein Ausbilder hat heute ein Video auf Instagram gepostet, in dem er die dunklen Haare einer Frau schneidet.

— »Ist das nicht die Frau mit dem Motorrad?«, schrieb ich in der Kommentarspalte.
— »Du hast ein unglaubliches Gedächtnis!«, antwortete er wenig später.

Dass ich mich an sie erinnern kann, liegt daran, dass das Video mir einen unvergesslichen, ja fast magischen Moment, der sich vor einem Jahr ereignet hatte, ins Gedächtnis rief. Als wir beschäftigungslos warteten, durchbrach mein Ausbilder die Stille: »Gleich kommt jemand ganz Besonderes. Wenn ich weiß, dass sie kommt, bin ich immer ein bisschen aufgeregt«, fügte er hinzu. ›Wie wird sie aussehen?‹, fragte ich mich gespannt. Unser Warten hatte nun einen Sinn.

Auf einem Motorrad – einem Chopper – kam die erwartete Kundin angefahren. Wie in einer Werbung zog sie ihren Helm ab und betrat mit entschiedenen Schritten den Salon. Sie war ungefähr 35, zierlich, hatte kurze, dichte, dunkle Haare – fast schwarz –, sehr kurz an den Seiten.

Mit einem breiten Lächeln grüßte sie den Mann und ließ sich auf den Friseurstuhl fallen.

Sie wünschte sich einen *undercut*, beide Seiten nackt rasiert. Ich fand sie mutig; er fand sie schön. Er lachte verlegen, war vorsichtig, unbeholfen. So hatte ich den sonst zackigen Mann noch nie erlebt. Sie dagegen redete viel und laut, lachte, sagte immer wieder *mira*, was ihre Muttersprache verriet.

Unsichtbar, doch spürbar, entstand um die beiden ein Kokon, der sie gleichsam undurchlässig zu umhüllen schien. Er, der sich sonst oft gereizt zeigte, und sich darüber beklagte, sich so viel »Drama« anhören zu müssen, war beschwingt, ein bisschen verliebt. Mir war bewusst, dass ich Zeugin eines besonderen Moments war. Aus Angst, den Kokon zu zerstören, verließ ich leise den Salon.

Bei meinem nächsten Besuch sprach ich diesen magischen Moment an, und die Augen des Ausbilders leuchteten dabei auf. Als ob er den Moment erneut erleben durfte, freute er sich, mir davon zu erzählen.

Mein Ausbilder denkt wohl heute nostalgisch an die schöne und mutige Frau auf dem Motorrad. Durch das Teilen des älteren Videos durfte er die Szene ein drittes Mal erleben.

Bisher unveröffentlicht.

Männerdekolleté

»**D**ies ist ein wirklich passender Look für jemanden, der kein *skin fade* oder *undercut* haben will.[*] Man zeigt etwas Kopfhaut, aber nicht allzu viel. Viele Männer wollen halt kein *skin fade*.«

[*] Haarschnitt, bei dem der Hinterkopf und die Seiten rasiert sind und ein fließender Übergang zum Deckhaar hergestellt wird.

Das meinte ein angesagter Londoner Barber auf YouTube. Damit sprach er den Wunsch von Männern an, die – mit einer gewissen Zurückhaltung – ein wenig Kopfhaut zeigen wollen. Dazu rät er seinen Followern die Haaransatzlinie im Nacken hochzusetzen und die Haut darunter zu rasieren.

Nackte Kopfhaut zeigen, das ist ein bisschen wie einen tiefen Ausschnitt tragen, sowas wie ein Männerdekolleté. Es macht mich immer etwas verlegen und bringt mich zum Erröten, wenn Männer mir selbstbewusst sagen, dass ich die Kopfseiten ruhig ohne Aufsatz schneiden soll. Mir scheint manchmal, Kopfhaut, auch nur ein bisschen Kopfhaut, ist intimer als körperliche Nacktheit.

Derzeit bin ich in einem der zahlreichen Barbiershops tätig, die sich als Folge der Weltpolitik in deutschen Städten etablierten. Sie haben die hiesige ästhetische Landschaft verwandelt und Männern mit einem bis dahin unbekannten gewagten und nackten Style Glanz verliehen. In meinem Barbiershop gehören *undercut* und *skin fades* – auch »Seiten auf Zero« genannt – zum Alltag. Sie werden durchgehend gemacht. Die Normalität im Barbiershop trägt zu einer gewissen Heterogenität auf der Straße bei.

Im Kontrast zu den anderen Friseursalons haben Barbiershops eine eigene Raum- und Zeitgestaltung. Die wartenden Kunden – es sind fast nur Männer – sitzen auf einer Couch mit dem Rücken zur Straße und dem Blick auf die arbeitenden Barbiere. Sobald ein Stuhl frei wird, steht einer der Wartenden auf und nimmt Platz. Von der Couch aus können die Kunden den Fachleuten bei der Arbeit zugucken. Sie bilden ein Publikum, ein Gericht der An- oder Aberkennung, das ästhetische Urteile fällt.

Mit einem meiner Stammkunden, einem Physikstudenten, sitze ich auf einer Couch und warte, bis wir dran sind. Mit bebrillten Augen bewundern wir die Bewegungen des Barbiers vor uns, wie die Maschine sicher durch das Haar eines gemütlichen Vierzigjährigen mit Fettfalten im Nacken führt, der – wie wir beim Belauschen des Gesprächs erfahren – Angestellter bei einer lokalen Behörde ist. Erst rasiert der Barbier die unteren Seiten und den Hinterkopf auf vier Millimeter. Als der Kunde sich eine Zero wünscht, will ich gar nicht so richtig hinschauen. Es wird kurz, sehr kurz. ›Autsch. Der Mann ist fast nackt und er hat keinen Bart, der das Ganze ausbalancieren könnte‹, denke ich mir. Keineswegs entmutigt schneidet der

Barbier weiter, die oberen Seiten mit einem Vier-Millimeter-Aufsatz. Wir schauen weiter gespannt auf das Geschehen, während wir uns mit Süßigkeiten, die auf einem Teller vor uns liegen, vollstopfen. Mit einer schlenzenden Handgelenkbewegung blendet der Barbier die Demarkationslinie mit einem kleineren Aufsatz ein, so dass sie fließend erscheint. Die Einblendung, die Dekolletélinie, ist das Wichtigste am Schnitt. Da hält sich der Blick eine Sekunde auf, um die darunterliegende Haut mit den Augen zu streifen. Zum Schluss kürzt der Barbier das Deckhaar ein bisschen und justiert das Ganze mit einer Schere über einem Kamm.

Nach den Kriterien, die mir während der Ausbildung vermittelt wurden, lasse ich innerlich die Verhandlung zwischen Kunden und Barbier und den Schnitt Revue passieren. Der Kunde ist mutig. Sein Fall illustriert den Reiz des *fades* und die Verschiebung dessen, was als schön empfunden wird. Nach den Regeln des Handwerks – Beruf, Alter und Kopfform des Kunden betreffend –, hätte es nicht so kurz ausfallen sollen.

Nun sind wir, mein Kunde und ich, dran. Wir gehen, wie der Ablauf im Salon es will, von der Couch zum Barbierstuhl. Der Physikstudent ist zum ersten Mal in einem Barbiershop. Er legt seine Brille vor dem Spiegel ab und wünscht sich »das Übliche«, d. h. einen Haarschnitt, der seine Naturlocken zur Geltung bringt. Es handelt sich um einen eher »klassischen« Schnitt mit Schere, nicht zu kurz und ohne viele Angriffspunkte, an denen Modifikation, Störung, Vernichtung der Balance ansetzen könnten. Zuerst schneide ich also mit der Schere. Weil der Kunde offen für ein bisschen mehr ist, rasiere ich dann mit der Maschine über die natürliche Haaransatzlinie und höre dabei innerlich die Stimme des YouTube-Barbers: »Es lässt ein bisschen Haut zu, ist aber nicht zu aggressiv. Ich finde es wirklich nice, etwas mehr Kopfhaut zu zeigen.«

An diesem Tag habe ich die Kraft der Mode gespürt, wie sie sich in den Kunden und in mir entfaltet. Bei dem gemütlichen Vierzigjährigen wie dem Physikstudenten fühle ich Neugier und Offenheit, etwas Kopfhaut zeigen zu wollen, wenn sie sich erst einmal entschließen, sich von der Straße in den Barbiershop zu begeben. Wenn andere Kunden sich nicht zu ein bisschen mehr Haut bekennen, merke ich eine leichte Enttäuschung. Auch bei mir ist inzwischen eine kleine Grenze überschritten, die auf eine neue Etikette hinweist.

Erschienen als »Das Männerdekolletee«, *Mitteldeutsche Zeitung,* **15. August 2022, S. 10.**

Spiegelbild mit Evelyn

An diesem Morgen war ich mit einem Fotografen im Salon verabredet, der ein Bild für das lokale Blatt machen wollte.

Das Foto sollte mich »bei der Arbeit« zeigen. Da der Tag für mich kein Arbeitstag war, fragte ich die einzige Person, die sich im Salon befand, ob sie meine Kundin für das Bild mimen würde.

Es handelte sich um eine Frau unbestimmten Alters mit Kurzfrisur. Sie war sorgfältig geschminkt und hatte trotz des bevorstehenden Termins ihre Haare gestylt. Ziel ihres Besuches: eine Tönung in dunkelbrauner Farbe. Als ich ihr Makeup lobte, sagte sie direkt, aber auch nicht unfreundlich: »Schon gut. Sie müssen mir nicht Honig ums Maul schmieren.«

Der Fotograf bestand umständlich darauf, dass ich mich vor der Kundin positioniere. Sie saß auf ihrem Stuhl, während ich mit dem Rücken zum Spiegel stand. So konnte er mit dem Spiegeleffekt spielen. So stand ich vor der Frau in einer Stellung, die eine Friseurin nie einnehmen würde. Unsere Körper waren sehr nah, zu nah.

Bei aller Unannehmlichkeit wurde mir bewusst: Im Salon steht die Friseurin unentwegt hinter der Kundin. Beide schauen sich über den Spiegel an, was – trotz der Nähe – eine Distanz zwischen ihnen schafft; auch beim Haarewaschen steht sie hinten und guckt nach vorn, während ihre Hände den Kopf kreisförmig massieren. Obwohl man sich körperlich nahe kommt, sitzt man nicht auf dem Schoß der Kundin, wie es jetzt beinahe der Fall war. Meinem Ausbilder war das wohl auch bewusst: Er hatte sogar Techniken entwickelt, um nicht vor seiner Kundschaft zu stehen, zum Beispiel um einen Pony oder einen Bart zu schneiden.

Dem Fotografen zuliebe fummelte ich mit einer Hand an den Haaren der Frau. In dieser steifen Position – die eine Ewigkeit zu dauern schien – versuchten wir uns krampfhaft zu unterhalten. Gedanken schossen mir wild durch den Kopf: Was ich mit meiner freien Hand machen sollte, wie wenig graue Haare sie hatte, ob ich wirklich gerade stehe. Dann passierte es. Obwohl alles inszeniert war, entstand – fast unmerklich – Nähe: Wir schauten uns direkt in die Augen und musterten uns gegenseitig.

— »Sie haben eine schöne Nasenform. Das hat nicht jeder«, machte mir die Frau ein Kompliment, das ich noch nie gehört hatte.
— »Ich weiß gar nicht, wie meine Nase aussieht«, erwiderte ich verlegen. »Ich …«
— »So ist schön! Schauen Sie mich noch einmal an«, unterbrach uns der Mann, der wohl zu den Glücklichen gehören durfte, die stets hinter der

Kamera versteckt bleiben und deshalb nie auf Fotos zu sehen sind.

— »Tragen Sie Ohrringe? Es würde Ihnen stehen ...« Die Frau musterte mich weiterhin, und ich spürte, wie sie mir in Gedanken ein Make-over verpasste.
— »Nein, ich bekomme immer entzündete Ohren ...«

— »Wie heißen Sie?«, fragte ich nach einer kurzen Pause weiter.
— »Evelyn. Und Sie?«
— »Barbara«, antwortete ich, erstaunt, dass die Frau sich gegen die Salonkonvention nur mit Vornamen vorstellte.

In diesem Moment machte es Klick bei mir. Ich verstand, was Evelyn wahrscheinlich schon wusste und was nur selten passiert: Wir hatten uns gegenseitig erkannt. Ich war Evelyn. Sie war Barbara, das Spiegelbild, das keine Kamera festzuhalten vermag.

— »So. Jetzt muss ich die Farbe einlegen«, meldete sich entschieden die echte Friseurin und schob den kleinen Wagen mit der Farbe auf uns zu.

Bisher unveröffentlicht.

Die Unzufriedene

»**S**oll ich Ihnen die Haare waschen? Es kostet nichts extra.«

— »Wenn es nichts kostet ...«

— »Aua, das war zu heiß. Passen Sie doch auf!«

Sie war einfach in den Barbiershop hereinmarschiert. Kein Hallo. Nichts. Unvermittelt hatte sie ihr Problem dargestellt. Aufgrund eines wilden Wirbels blieben die Haare am Hinterkopf im Halstuch hängen. Dieses Reiben nervte sie fürchterlich.

Aus dem Portemonnaie zog sie das Bild eines Models heraus, eine schöne Frau um die vierzig, die Personifizierung der Schaufensterpuppe mit Tuch, Kurzhaarschnitt und ⅞-Hose, wie sie in den Modegeschäften ein älteres Frauenpublikum ansprechen.

Nach dem Haarewaschen saß die geschätzt siebzigjährige Halstuchträgerin im Friseurstuhl vor dem Spiegel und ich legte los.

— »Mein Name ist Barbara. Letztes Jahr war ich Stadtschreiberin Halles. Nun bin ich wieder hier. Ich schreibe ein Buch ...« In ihren Augen: Leere. Meine Vorstellung war ihr völlig egal. Desinteressiert war sie dennoch nicht. Ihr Blick war voller Misstrauen.

— »Haben Sie Zeit?«, fuhr ich fort, um mich auf die Frau einzustellen.

— »Ja, nein, ja, das heißt: Es sollte schon ordentlich gemacht werden«, erwiderte sie etwas gereizt.

Ich schnitt durch die widerspenstigen Haare am Nacken.

— »Hier ist es zu lang«, bestimmte sie und zeigte auf den Nacken.

— »Kein Problem. Das mache ich kürzer«, versicherte ich ihr geduldig und um sichere Bewegungen bemüht.

Sie schaute in den Spiegel und sagte kein Wort. Ständig drehte sie den Kopf. Kein Anzeichen von Parkinson, wie ich das schon manchmal bei älteren Kunden hatte. Nein. Sie inspizierte meine Arbeit und rümpfte die Nase. Angesichts ihres Misstrauens gab ich mir doppelte Mühe. Ich ahnte nichts Gutes. Je kritischer sie schaute, desto mehr zweifelte ich an meiner Arbeit und an meinen Fähigkeiten. ›Wenn sie bloß eine Brille tragen würde …‹, dachte ich mir. Ich hätte sie darum gebeten, sie abzusetzen.

Ich machte mich an die graue Masse der Kopfdecke heran. Die Frau wurde noch unruhiger, zog die Mundwinkel herunter, schnitt Grimassen. Sie strahlte eine negative Energie aus, die sich – so schien es mir – im ganzen Barbiershop ausbreitete. Obwohl ich noch am Schneiden war, schien schon ein ganz und gar vernichtendes Urteil gefallen zu sein.

Als ich die Schere zur Seite legte, stylte ich die Haare ein bisschen mit Schaum. »Nicht die Haare hinter den Ohren!«, kläffte sie.

Sie musste ihre Kritik noch loswerden. In meiner Gegenwart meinte sie zum Chef – als wäre ich völlig unmündig: »Ich bin *nicht* zufrieden. Sie hat sich zwar Mühe gegeben«, gab sie großzügig zu, »aber es ist nicht, was ich wollte.« »Das Problem ist mein Wirbel: Der Schal bleibt nämlich ...«

Ich stand da mit angespanntem Nacken und beschleunigtem Puls, wie erstarrt ihrer Kritik ausgeliefert. Ich musste mich zurückhalten, nicht zu kontern, dass sie jetzt viel besser aussah als vorher, dass ich sie ganz eindeutig verschönert hatte und dass in Deutschland keine Halstuchpflicht gilt.

Sauer marschierte sie hinaus. Vor der Tür des Barbiershops fand eine spontane Besprechung im Freien statt. Beim Zigarettenrauchen tröstete mich eine kleine Solidaritätsgemeinschaft von Barbieren und Kunden und machte mir Mut. »Ach, das passiert öfters«, »mach dir keinen Kopf«, »sie ist bestimmt immer unzufrieden«, »sie kommt nicht wieder und gut so!«.

Die Kollegen lagen falsch. Die Unzufriedene kam doch wieder. Nachts hat sie mich als perfide Terroristin heimgesucht und meinen Schlaf vertrieben.

Bisher unveröffentlicht.

Ekelspiel

»**W**as hast du heute Schönes gesehen?«, fragte ich neugierig einen Bekannten, der Hautarzt ist. »Nichts Außergewöhnliches, aber ich habe ein tolles Buch geschenkt bekommen, über Nagelkrankheiten«, berichtete er stolz.

Seit ich als Friseurin tätig bin, kann ich mit dem Hautarzt als eine Art Wartungsspezialistin ein bisschen mithalten: Pickel, die beim Rasieren platzen; Haare, die sich wie Plüsch anfühlen; Haarfilz, der sich nur mit der Maschine schneiden lässt; Ohrenschmalz; Schuppen und diverse Hautkrankheiten; Warzen und Beulen in verschiedensten Farben; ölige Kopfhautgerüche; Haare in Nasen und Ohren.

Dank filmischer Darstellungen (man denke an den Film *Der Mann der Friseuse**) und von Büchern über das Handwerk – da- ★ Leconte (1991 [1990]). runter auch soziologischen Schriften – rufen Friseursalons in der Regel positive Assoziationen hervor: angenehme Düfte, seidige Haare, weibliche Sensualität.

Wie man sich durch Augen und Nase vergewissern kann, ist jedoch die Ästhetik als Branche auch ein »menschlicher Entdreckungsdienst« (*un décrottage humain*)*. ★ Siehe Jablonka (2015), S. 79.

— »Heute habe ich den Schuppenkönig kennengelernt. Ich habe ihm die Haare geschnitten. Kaum vorstellbar, wie ein Schneesturm ...«, regte ich an einem anderen Tag das Spiel an.

— »Ah, ein *Pityriasis amiantacea*. Und ich habe einen Hausbesuch gemacht. Dort wurde mir ein schöner Fußpilz geboten«, machte der Bekannte weiter.

Das Ganze könnte stören – oder erregen, wenn man auf so was steht. Tut es aber nicht. Es handelt sich hierbei um ein Herausforderungsspiel, in dem der Gewinner oder die Gewinnerin das ekligste Beispiel vorbringt: Ekel als Unterhaltungsthema und Form der Geselligkeit. Dabei gibt es eine Regel, die die professionelle Haltung und den Berufskodex zu wahren hilft: Namen werden nicht genannt. Und noch eine Regel kommt hinzu: Über sich selbst schweigt man. Denn: Was man an einem Mitspieler entdeckt – zum Beispiel Dreck hinter den Ohren – das lässt sich später nie mehr ganz verdrängen.

Bei allem Spaß ist das Spiel unfair. Am Ende gewinnt immer mein Bekannter. Er verfügt über eine Eigenschaft, die ihm bei unserem Spiel zum Vorteil wird: Er leidet unter Geruchsmangel. Als Hautarzt ist er also aufgrund dieser Eigenschaft fast ekel-immun. Ich bleibe dennoch nie mit leeren Händen stehen: Als Trostpreis bekomme ich immer dermatologische Tipps für meine Kundschaft und für mich, die ich dann im Falle eines Falles anwenden kann.

Bisher unveröffentlicht.

Geisterkunden

»Frau Thériault, wozu sollte ich ihr Buch lesen? Ich habe doch eine Glatze!«, fragte mich ernsthaft ein Philosoph nach einem Vortrag.

Natürlich muss der Kollege das Buch nicht lesen, aber er wirft tatsächlich eine wichtige Frage auf. Mit dem Glanz seiner Glatze wirft er sozusagen Licht auf einen blinden Fleck der Friseurwelt und der vorliegenden Untersuchung – die Geisterkunden. Was ist mit denen, die sich die Haare nicht schneiden lassen müssen, wollen oder können? Wir haben es hier mit einem Gegenstand der »Soziologie des Nichts«[*] zu tun. Und die macht sich zum   * Siehe Scott (2018). Ziel, das Ungesehene ins Licht zu rücken, sie erkennt in einer Unterlassung die Konturen einer Handlung. Obwohl er kein Kunde ist, gehört mein Kollege zu einer unsichtbaren Gesellschaft, deren Gestalt ich zumindest skizzieren möchte.

Die Geisterkunden sind in Friseursalons und Barbiershops nicht anzutreffen. Etwas fehlt ihnen: Haare, Geld, Lust oder Verfassung. Wenn sie dennoch dort auftauchen, dann höchst selten und widerwillig. Wenn ich etwas über sie erfahren habe, liegt das daran, dass mein bloßes Dasein als Friseurin Erinnerungen hervorruft, wie etwa bei Michael. Er besuchte auch meinen bereits erwähnten Vortrag und fühlte sich wohl anschließend genötigt, einen langen Blogeintrag zu verfassen. Seine »haircut memories« geben Auskunft über sein Unbehagen im Friseursalon. Vor allem verabscheut er die überschwängliche Geselligkeit des Salons mit dem typischen Smalltalk unter Fremden und die Themen, die er als läppische Belanglosigkeit verschmäht: »Ich kann es nicht leiden, auf engem Raum mit jemandem, den ich nicht kenne, zu sein und das Schweigen mit Geschwätz und Plappern ausfüllen zu müssen.«[*] Als Naturwissenschaftler bevorzugt er konkrete Inhalte und sachliche Zweckbestimmungen.

[*] https://mehochberg.wixsite.com/blog/post/barbershop-snippets, eingesehen am 23. 11. 2023.

Andere Geisterkunden drücken ihren Unmut vom Standpunkt der Neurodiversität aus. Sie heben die Nähe, die Körperberührungen, das sinnliche Aufeinandertreffen mit Fremden, aber vor allem die Stimuli hervor: das Rauschen der Haartrockner, das Piepsen der Handys, die Popmusik aus den Lautsprechern, die aus allen Richtungen kommenden Stimmen; das Parfüm der Haarpflegeprodukte, den penetranten Geruch der Dauerwellenchemikalien, das grelle Neonlicht.

Und an welchen Indizien erkenne ich die behaarten Menschen, die mich bald *ghosten* werden? Daran, dass sie mit gewaschenen Haaren kommen und mit nassen Haaren weggehen. Daran, dass sie mit dem Reden gleich loslegen, viel erzählen, aber die zurechtgelegten Themen schnell ausgeschöpft haben.

Und noch ein Beispiel eines zukünftigen Geisterkunden: Dieter. Er ließ sich die Haare schneiden, weil er mein Projekt unterstützen wollte. Das war nett. Ich fühlte mich ein bisschen schlecht dabei, andererseits brauchte er dringend einen Haarschnitt. Ich band ihm den Umhang um und machte mich ans Werk. Schnell merkte ich, dass er unruhig wurde. Er zappelte leicht auf dem Barbierstuhl. Ich erhöhte das Tempo. Er wurde nicht weniger ungeduldig. Obwohl er als Rentner eigentlich genug Zeit haben müsste, konnte er wohl offenbar nicht lange stillsitzen. Sichtbar genervt hob er eine Hand, als wollte er eine unsichtbare Fliege verjagen. Die Fliege war meine Hand. Das war wohl sein letzter Besuch.

Der Vortrag, nach dem der Philosoph mit Glatze seine Frage formulierte, fand an einem Ort statt, wo man sich – bis auf wenige Ausnahmen – nur wenig Sorgen um seine äußere Erscheinung machen muss: an einem deutschen Forschungsinstitut.[*] Gleichgültigkeit gegenüber dem eigenen Aus-

[*] Siehe »Ikone der Stillosigkeit«, S. 151–154.

sehen, kombiniert mit einer gewissen Abneigung gegenüber Friseuren, führt wohl dazu, dass der Friseurbesuch meistens vermieden, wenn nicht gar ganz unterlassen wird. Die Soziologie des Nichts erinnert uns an solche Geisterkunden, lässt uns vermuten, dass es viele davon gibt. Sie gibt ihnen, ohne dass sie es ahnen, eine Plattform und lenkt die Aufmerksamkeit auf ihre Handlungsweise und ihre – negative – Beziehung zum Salon. Und das ist nicht nichts.

Bisher unveröffentlicht.

Alltagsästhetik.
Kleine Attentate auf die Gemütsruhe

Kinnlang

In meiner Einführungsvorlesung haben wir vor Kurzem den Soziologen Norbert Elias und den von ihm beschriebenen Prozess der Zivilisation behandelt. Dies taten wir am Beispiel der Gabel. Wir gingen den Ursachen nach, die Elias für den Gebrauch der Gabel beim Essen anführt. In diesem Zusammenhang wies ich darauf hin, dass dieses Beispiel deutlich macht, wie vorsichtig man im Umgang mit »pragmatischen« oder »rationalen« Erklärungen sein sollte. Das ist nicht einfach, führte ich weiter, denn Praktisches wird im Alltag gern bevorzugt, um was zu erklären. Zur Stütze dieser Aussage, zog ich eine Beobachtung aus der Friseurwelt heran: Je älter die Frau, desto kürzer die Haare. Hört man sich um, wird für diese Beobachtung eine ganze Reihe pragmatischer Argumente aufgelistet, allen voran: Kurze Frisuren sind leichter zu pflegen, vor allem wenn das Haar dünn ist.

Nach der Vorlesung bekam ich erstaunlich viele Rückmeldungen per E-Mail und während meiner Sprechstunde. Eine Studentin, deren Pony und überdimensionale goldene Ohrringe unter einer orangefarbenen Beanie herausschauten, kam in mein Büro und vertraute mir an, dass im Alter von 36 Jahre die Zeit gekommen sei, ihre Haare kürzer zu schneiden. »Es wirkt jünger«, meinte sie.

Aber der Reihe nach. Kehren wir einen Moment zur Vorlesung zurück. Die Verbreitung des Gebrauches einer Gabel beim Essen bringt Elias in Verbindung mit einer Norm. Eine Norm bezeichnet, einfach gesagt, etwas, was für richtig gehalten wird, »was sich gehört«, »was sich schickt«, »was normal ist«. Im Fall des Utensils gehe es nicht um ein rationales Motiv (»es ist hygienischer«, wie oft behauptet wird), sondern um ein soziales Motiv: Jenseits vom Gesagten benutzte man die Gabel, weil sie uns und anderen – so behauptet jedenfalls Elias – einen unschönen Anblick, ein peinliches Gefühl ersparte. Mit anderen Worten, die Benutzung der Gabel habe sich verbreitet, weil immer mehr Menschen bemüht waren, keine ekelerregenden Assoziationen hervorzurufen. Elias argumentiert auch, dass die Verbreitung der Gabel mit jenem langandauernden Wandel des Trieb- und Affekthaushalts steht, den er den »Prozess der Zivilisation« nennt.[*]

* Elias (1997 [1939]), S. 171.

Normen wirken nicht nur beim Essen, auch in der Welt der Friseure sind sie am Werk: So werden ab einem gewissen Alter kürzere Haare zur Norm.

»Aber wie werden die Haare kürzer?«, unterbrach mich ein Student. Alles vollzieht sich, behauptete ich, in einer stillschweigenden Vereinbarung von Kundinnen und Haarspezialisten darüber, was sie für richtig halten. Es wird weder groß nachgedacht noch ausgehandelt: Bei jedem Termin wird der Haarschnitt ein bisschen kürzer, manchmal fast unmerklich. Das heißt aber nicht, dass man die Norm nicht erkennen kann. Es gibt gute Anhaltspunkte: Der Blick, der zu lange haftet, die Zunge, die sich in bösen Kommentaren lockert und, im Fall von Friseuren und Friseurinnen, den Widerstand gegen bestimmte Dienstleistungen.

Ich liste einige Beispiele aus meinem Umfeld ungeordnet: Die Friseurin von Dali (24 Jahre) fand es schade, ihre langen Haare abzuschneiden; Susanne (59 Jahre), die ihre weißen Haare nicht färbt, fand, dass ihre Freundin Andrea (58 Jahre) ihre Haare zu lang trägt und übrigens zu dunkel färbt (unausgesprochen: für ihr Alter). Ich fand, dass die Haare meiner Kollegin Alexia (46 Jahre) viel zu lang für ihr Alter waren, dass man dagegen etwas unternehmen sollte. Es war ihr bewusst: Es sei, vertraute sie mir an, ihre letzte Chance. Bald wäre es nicht mehr möglich ... In einem schwachen Moment sagte ich zu Alexa über eine andere Kollegin, eine schöne Frau – im Übrigen kaum älter als wir: »Hast du gesehen? Sie trägt nun einen Kurzhaarschnitt. Sie sieht wie eine alte Frau aus, findest du nicht?«

Kurze Haare stehen für das mittlere Alter. Sie drücken in etwa aus: »Ich bin nicht mehr jung, aber noch nicht alt.«

War das schon immer so? Wahrscheinlich nicht, denn Normen verändern sich. Meine Großmutter, die heute 105 Jahre alt wäre, hat sich mit 38 Jahre die Haare kinnlang geschnitten. Meine Mutter (76 Jahre) hat dies mit 55 gemacht. Meine Freundin Brigitte befindet sich zwischen den beiden: Sie ist neunzig Jahre alt. Sie schätzt das Alter der »Haarzäsur« auf etwa 45. Sie selbst – Historikerin von Beruf – verwendet dieses Wort, um auf ein Vor- und Nachher zu deuten.

Diese Beispiele zeugen vom elastischen Verständnis des mittleren Alters. Sie hängen von Zeit und Ort ab. In Deutschland: Kathrin (48 Jahre) trägt ihr kinnlanges Haar heller als bei unserem letzten Treffen – sie argumentiert pragmatisch und beruft sich auf ihren kränklichen Winterteint; mit 49 Jahren hat sich Jana eben die Haare geschnitten, kinnlang; Marianne und Ulrike pflegen eine gewisse Ambiguität. Sie haben sich für einen asymmetrischen Schnitt entschieden – eine Seite kurz, eine Seite lang. Wenn ich auf Facebook sehe, dass Olha (34 Jahre) und ihre ein Jahr ältere Schwester nun ihre Haare kinnlang tragen, bin ich nicht überrascht: In der Ukraine wird das mittlere Alter früher erreicht – um die Mitte dreißig, schätze ich.

In ihrem Buch über weibliche Schönheitsideale argumentiert meine Kollegin Chiara Piazzesi,[*] dass Frauen mit »paradoxen Geboten« konfrontiert werden, nämlich der doppelten Aufforderung, das Alter zu bekämpfen *und* zu akzeptieren. Anstatt in dem Kürzerwerden der Haare eine täglich und mühsam erneut verhandelte Ambivalenz zu sehen,

* Siehe Piazzesi (2023).

könnte man eine Art Synthese hineinlesen: Zum mittleren Alter zu stehen, ohne jedoch sich gehen zu lassen oder auf den Stil zu verzichten.

Wenn das mittlere Alter sicher elastisch ist, können andere Veränderungen beobachtet werden. Ein Beispiel? Der Übergang von einer Kinnlangfrisur zu einer eindeutigen Kurzfrisur, mit sauber ausrasiertem Nacken, oder von gefärbten zu grauen Haaren. Mag sein, dass diese Veränderung eine andere Lebensphase bezeichnet, jene, die das Ende des mittleren Alters markiert.

Nach dieser Interpretation ist die Studentin mit der orangefarbenen Beanie eigentlich viel zu jung, um sich die Haare zu schneiden. Als ich darüber nachdachte, entsann ich mich, wie sie ihre Wahl mit einer Kopfbewegung in Richtung ihrer Kommilitonen und Kommilitoninnen – die im Durchschnitt 19 Jahre alt sind – und den Worten »es wirkt jünger« begründete. Während ich zu verstehen meinte, wieso sie sich die Haare kurz geschnitten hatte, wurde ich die Woche darauf überrascht. Sie kam wieder in meine Sprechstunde, diesmal mit einem kahl rasierten Kopf. Möglich, dass sie sich der Norm, die sie inzwischen wahrgenommen hatte, widersetzen wollte.

Erschienen auf Französisch als »L'âge moyen«, *Siggi, le magazine de sociologie,* **Frühling 2022, S. 53–54.**

Schnörkel

In einer kleinen Stadt am Harzrand hat Ende der 1930er Jahre die kleine Brigitte ihrer Mutter geholfen, den Knopf und die Schnörkel des Treppengeländers abzusägen. Alle Spuren von Ornamenten sollten beseitigt werden. Ihre Mutter, so die Geschichte, wollte sich dem Zeitgeist des Bauhauses, wonach das Schlichte schön und das Verschnörkelte hässlich sei, anschließen.

Der Stil, der die Gestaltung der Materie auf das Einfachste zu reduzieren strebte, ist auch als Neue Sachlichkeit bekannt. Während der Jahre der Weimarer Republik war er tonangebend. Unter anderen Namen und in Varianten hat er sich auch darüber hinaus einer bemerkenswerten Popularität erfreut. In den Bereichen, in denen er wirksam war, hat sich der Stil in der Rückbesinnung auf die Dinglichkeit und in der Ablehnung jeglicher Gefühlsausbrüche ausgedrückt: in der Betonung des Faktischen, in minutiöser Beobachtung und genauer Beschreibung (in der Literatur), in einer Vorliebe zur Reportage (im Journalismus), zu Gegenständen und Themen des Alltags (in der Malerei), zu klaren und sauberen Linien (in Architektur und Inneneinrichtung). Weil sie zum ersten Mal das Schöne und das Nützliche vereinte, begründete die neue Sachlichkeit das Zeitalter des Designs.

Kehren wir aber für einen kurzen Moment zur Mutter meiner Freundin Brigitte zurück. Wie ist ihr Hang zu exzessiver Nüchternheit zu verstehen? Meine Freundin weist auf den Geschmack ihrer Mutter und auf den Einfluss ihres Großvaters hin. Mag sein, dass das Absägen auch ein Affront gegen die Ästhetik der Nationalsozialisten, die die Wucht in dunkler Eiche liebte, oder gar Ausdruck eines Snobismus derer, die sich durch Schlichtheit abzuheben trachteten, war.*

* Zum Snobismus der Schlichtheit, siehe Siegfried Kracauers »Möbel von heute« (2011 [1931]), S. 565–568. Oder Gabrielle Tergits *Etwas Seltenes überhaupt. Erinnerungen* (2019): »Warum? Weil ich einfache Baumwollkittel trug, meine Haare, wie sie gewachsen waren, weder Puder noch Lippenstift benutzte. Auch in Preußen hatte man einfach zu sein, wenn man dazugehören wollte. Der Snobismus der Schlichtheit.«, S. 59.

Brigitte gehört zu meinen »Models«, an denen ich das Friseurhandwerk geübt habe. Bei unserem letzten Treffen habe ich ihr einen Bubikopf, ein kleines Carré – knapp unter die Ohren – geschnitten. Ich fand, das passte ausgezeichnet zu ihr. Sie selbst maß dem Haarschnitt aus den 1920er Jahren, der sich in den letzten Monaten unter Kunststudentinnen einer Renaissance erfreute, nicht viel Bedeutung bei. Ähnlich wie ihre Mutter ist meine Freundin wahrhaft pragmatisch: Der Haarschnitt hat den Vorteil, dass er die Ohren verstecken hilft. Mit zunehmendem Alter werden sie größer — ebenso wie die Nase, bei der ich jedoch nicht helfen kann.

Der Geist der neuen Sachlichkeit machte sich bis in das Friseurhandwerk bemerkbar. Anfangs galt der Bubikopf (auch Bob genannt) als kurze Frisur. Er verkörperte den Verzicht auf Überfluss (Haarstücke, aufwendige Frisuren) und betonte das Wesentliche (den Schnitt); er sollte praktisch sein; er hat das weibliche Schönheitsideal, gemäß dem zur Feminität lange Haare entsprachen, nachhaltig reformiert. Visuell schockierend und revolutionär durch seine immense Popularität jenseits von sozialen Milieus und Klassen stand der Bob für die Emanzipation der Frau und wurde ein Reizthema in den 1920er Jahren.* Die Nationalsozialisten haben ihn als »jüdisch« bezeichnet.

* Lüdtke (2021), S. 234.

In ihrer Enquête aus den Jahren 1929–1930 über die autoritären Einstellungen von Arbeitern und Angestellten hat der Soziologe und Psychoanalytiker Erich Fromm auch eine ästhetische Dimension mitgedacht. Zusammen mit seinen Kollegen und Kolleginnen hat er Männer zur Mode der Zeit und zum gebobbten Haar befragt. Der breite Zuspruch unter den jungen und kommunistischen Interviewten galt als Indikator für eine demokratische Haltung.*

* Fromm (2015 [1980]), S. 22.

Am Ende der 1950er Jahre hat Vidal Sassoon, der britische Star des Friseurhandwerks (unter seinem Namen werden in Drogerien und Supermärkten Produkte zum Verkauf angebotenen) sich – wie die Mutter meiner Freundin – zum Bauhaus, seiner Geometrie, seinen klaren und sauberen Linien bekannt. »It's the cut that counts«, »I wanted to eliminate the superfluous and get down to basic angles of cut and shape«, soll er behauptet haben.[*] Es ging ihm darum, sich auf   [*] Zitiert nach Lüdtke (2021), S. 82. das Wesentliche zurückzubesinnen, auf die Haare und den Schnitt, der — nach dem Prinzip *wash and go* — keinen Aufwand erfordern sollte (was übrigens nicht unbedingt ein guter Werbeslogan für eine Haarproduktlinie ist).

Der Verkauf von Haarprodukten in Drogeriemärkten illustriert die Kritik, die sich gegen diesen Stil gerichtet hat: Man warf der neuen Sachlichkeit ihren unpersönlichen, massenproduzierten, standardisierten Charakter vor. Aus ästhetischer Sicht bemängelte man ihre Distanz und Kühle (vom Bauhaus inspirierte Wohnungen und Zimmereinrichtungen: von Plattenbauten bis zu Ikea-Möbeln). Feuilletonisten haben zudem die »Objektivität« der Reportage kritisiert und die Naivität eines solchen Anspruches, als ob es möglich sei, die Realität so darzustellen, wie sie wirklich ist.

Neulich abends ist mir Brigittes Mutter in den Sinn gekommen. Anlass war eine öffentliche Lesung in der Stadtbibliothek einer Stadt unweit von jenem Ort, wo sich mehrere Jahrzehnte zuvor die Schnörkel-Aktion ereignete.

Ein Conférencier las Texte eines renommierten Theaterkritikers der 1920er Jahre. Mit Pathos rezitierte er Zeilen, die er mit boshaften

Anekdoten aus dem Leben des Autors – aber ohne die Ironie, die jenem eigen war – garnierte.

Der kleine Mann über sechzig zeichnete sich durch seine Grandiloquenz aus: Tremolo in der Stimme, seine pummeligen Hände schienen ein unsichtbares Orchester zu dirigieren, das eitle Einstecktuch in der Brusttasche des Sakkos, der Schnurrbart eines Dandys und – vor allem – seine mit bildhaften Wendungen und Schnörkeln ausgeschmückte Sprache.

Während er las, fiel mir ein, dass ich bei meiner Lektüre dieser von Werturteilen und vergifteten Spitzen strotzenden Texte des Autors immer Pausen eingelegt hatte. Just in diesem Moment stand der Conférencier auf und begann, seine Arme schwingend, zu singen. Auf meinem Stuhl sitzend, umzingelt von Ken-Follett-Wälzern und einer stark parfümierten Frau, musste ich feststellen, dass der Enthusiasmus des Mannes in gleichem Maße wuchs, wie die Aufmerksamkeit des Publikums abnahm. Er war so in seinen Vortrag vertieft, dass er alle Zeichen der Ungeduld vonseiten des Publikums nicht wahrnahm. Als er mit seiner Darbietung endlich fertig war, verzichtete er darauf, sich mit dem Publikum auszutauschen, wie die Konvention dies will.

An dem Abend habe ich die Vorzüge der neuen Sachlichkeit zu schätzen gelernt und bin ihre Anhängerin geworden. Ihre Prinzipien (die Schlichtheit, die Nüchternheit, die Abneigung gegen das Pathos, der Pragmatismus) gelten für die Architektur, den Journalismus, das

Friseurhandwerk wie für die Sprache. Ähnlich wie das mit Schnörkeln verzierte Treppengeländer bei Brigittes Mutter irritierte mich die ganze Art des Conférenciers: Seine blumige Sprache, seine Werturteile, zusammen mit seiner schwülstigen Erscheinung und seiner mangelnden Rücksichtnahme auf das Publikum. Es ist nicht mehr angebracht, zumindest scheint es mir, sich so auszudrücken. Meine Irritation ist wahrlich nicht der Ausdruck eines Snobismus, sondern sie orientiert sich an einem Ideal, welches das Schlichte und Nüchterne für angemessen hält. Sie geht mit einer schon vor einem Jahrhundert von Erich Fromm hervorgehobenen demokratischen Sensibilität einher.

Beim Verlassen der Stadtbibliothek erkundigte sich eine Frau aus dem Publikum bei ihrer Begleitung: »Wie fandest du's?«. Die Antwort war: »Ach, ich kann's schlecht sagen ... Ich war zum Schluss einfach nur müde.«

Erschienen auf Französisch als »L'énigme du pommeau de la rampe d'escalier«, *Siggi, le magazine de sociologie***, Herbst 2022, S. 49-51.**

Ikone der Stillosigkeit

Die Frau, von der ich berichten möchte, mag auf den ersten Blick als stillos betrachtet werden. Nennen wir sie Martina. Soweit bekannt, ist sie nie in einem Schönheitssalon gewesen. Sie schert sich nicht ums Schönsein. Gerade deshalb soll sie mir als Beispiel dienen, über Stilfragen nachzudenken.

Als ich mein Projekt zu Friseursalons im Forschungsseminar an einer deutschen Universität vorstellte, war Martina dabei. Mein Exposé schien in ihr etwas auszulösen: eine bis dahin unerwartete und profunde Expertise. Ihr war klar, dass sie nicht mit der Mode geht. Die Mode sei ihr, so erzählte sie gleich und ausführlich, egal, was die Teilnehmer und Teilnehmerinnen des Seminars nicht anzuzweifeln schienen. Sie habe auch gar nichts gegen Mode, fuhr sie fort, eher sei sie immun gegen ästhetische Versuchungen. Die Norm kommt von außen: Wenn ihr zum Beispiel jemand sagt, ihre Haare sollten einmal gemacht werden, dann lässt sie sich die Haare von ihrem Mann schneiden. Genauso sei es mit ihrer Kleidung: Sie trägt, was man ihr schenkt und was ihr passt.

Wer sie kennt, kann sie sich beim besten Willen nicht beim Einkaufen, Cappuccino- und

Sekttrinken mit Freundinnen vorstellen. All das interessiert sie nicht. Geld dafür hätte sie, Zeit dagegen wenig. Sie ist eine vielbeschäftigte Frau, hat Wichtigeres zu tun. Viele behaupten – zu Recht wie ich meine –, dass sie unersetzbar ist. Ihre Arbeitsintensität scheint indirekt proportional zu ihrem Interesse für Mode zu stehen.

Immun gegen Mode, kann das überhaupt sein? Wenn man sich mit der Fachliteratur beschäftigt, scheint das nicht möglich: Die Mode schließe alle ein, auch diejenigen, die sich dagegen sträuben. Deshalb möchte ich dem Fall Martina weiter auf den Grund gehen. Gibt es Kleidungsstücke, die sie nicht anziehen würde? Wenn ja, welche? Nicht zu kurz, nicht zu lang. Kräftige, gar schrille Farben jedenfalls nicht. Soweit ich weiß, hat sie nie kurze oder gefärbte Haare gehabt. Es ist also festzustellen: Sie trägt doch nicht alles, und das deutet auf eine große Kontinuität hin. Und das wiederum weist auf einen Stil, aber welchen?

Sie möchten bestimmt wissen, wie Martina aussieht? Bitte schön: Ihre Haare sind dunkelblond, schulterlang. Bis auf wenige Ausnahmen pflegt sie formlose Hosen und flache Schuhe, die orthopädisch bequem aussehen, zu tragen. Beige, auf jeden Fall neutrale Farben dominieren ihre Garderobe. Als einzigen Schmuck trägt sie Funktionales: eine zeitlose Brille und eine unauffällige Uhr. Buschige Augenbrauen. Kein Makeup. Kein Parfüm. Vielleicht benutzt sie keine Gesichtscreme, sicher aber Seife.

Bei besagtem Seminar, bei dem Martina sich mit so viel Engagement einbrachte, beschrieb ein Kollege scherzhaft ihren Stil als »asketisch«,* was für Heiterkeit sorgte. Die Bemerkung war zugleich ein kleiner Witz unter Sozialwissenschaftlern, der die Runde zum Lachen brachte – ein Hinweis auf das Arbeitsethos unserer Kollegin und auf den Namen der Institution, wo wir uns befanden.

* Eine Referenz zu dem Soziologen Max Weber und seiner bekannten Studie *Die protestantische Ethik und der Geist des Kapitalismus* (2016 [1904/1905]).

Ich kenne die Asketin seit einer halben Ewigkeit und kann bezeugen: Sie ist nie anders gewesen. Sie ist inzwischen ein bisschen ergraut, aber man merkt es kaum. Eigentlich ist sie weder jung noch alt. Ihr Alter ist unbestimmt.

Ich will nicht missverstanden werden. Martina ist nicht hässlich. Nein, nein. Sie hat schöne, weiche Züge. Sie wäre eine perfekte Kandidatin für eine Makeover-Show, würde sich aber dabei vermutlich unwohl fühlen. Am nächsten Tag wäre sowieso alles wieder beim Alten, ebenso wie ihre etwas ungelenke Art, sich zu bewegen.

Martina hat auch kein Problem mit ihrem Aussehen. Außerdem ist es an der Universität – bisher zumindest – noch möglich, sich auch so zu entfalten. Wenden wir für einen Moment den Blick von Martina ab und schauen uns die Teilnehmerinnen und Teilnehmer des Seminars an. Wie sehen wir aus? Wir sitzen da, ungeschminkt, in alten, ungebügelten Klamotten. In so einer Umgebung ist man schnell overdressed. Da, wo sonst viel Konkurrenz herrscht, ist es einfach, schön auszusehen (und lustig zu sein).

Sicherlich gibt es auch sie: die vornehme Frau, den Mann mit der schönen Handbewegung, den eleganten Gastforscher aus Brasilien. Sie sind aber unter den entmaterialisierten Wesen unterrepräsentiert. Probleme haben eher diejenigen, die »zu schick« sind. Im Grunde ist das Unbehagen mancher Kollegen und Kolleginnen mit der Institution vielleicht eher ästhetischer als inhaltlicher Natur. Sie fügen sich dem an der Universität herrschenden Stil einfach nicht.

Martina steht für diesen Stil. Sie ist sogar unsere Ikone. Deshalb gehören wir nicht zu denjenigen, die sich in ihrer Umgebung fremdschämen würden oder ihr eine neue Frisur oder ausgewählte Kleidung vorschlagen würden. Sie hat den Stil, wir haben ihn auch; sie stellt bloß den Extremfall dar. Wir sind Martina. Wir hatten es nur nicht gemerkt.

Auch ich gehe nicht gern einkaufen, habe immer E-Mails zu beantworten und Hausarbeiten zu korrigieren. Und dennoch: Nachdem ich über Martina nachgedacht hatte, ließ ich diesen Text liegen und bin shoppen gegangen. Innerhalb von fünf Minuten kaufte ich mir eine Hose und einen Pullover. Auf dem Weg zur Kasse habe ich auch noch einen Rock dazu geschnappt. Als ob das nicht genug wäre, erwarb ich später noch abgefahrene Stiefel mit grünen Sohlen im Internet. »Free Martina.«

Erschienen auf Französisch als »L'icône des sans styles«, *Siggi, le magazine de sociologie*, **Frühling 2023, S. 47–48.**

Schrille Brillen

»Ich verspürte im grauen deutschen Winter plötzlich einen unbändigen Appetit auf leuchtende kräftige Farben.« Das schrieb ein Bekannter – nennen wir ihn Chris – in einem Magazin-Artikel zum Thema Farben. Wenn dem Text ein Foto beigefügt wäre, würde niemand an der Authentizität des sechzigjährigen Autors zweifeln: knallbunte Jacke, orangefarbene Schuhe, poppige Brille.

Chris verspürt etwas, einen Appetit, unbändig sogar. Dazu hat er sich eine Argumentation zugelegt, die als eine Art Manifest betrachtet werden kann. Lesen wir also weiter:

> *Ich mag kräftige, leuchtende Farben oder wenigstens Farbakzente bei der Wahl meiner Kleidung, weil mich das fantasielose Schwarz-Braun-Dunkelblau der Berliner Gesellschaft in der kalten Jahreszeit frustriert. Farbe ist für mich in diesem Kontext ein Statement des Subversiven. Zwar gibt es immer irgendeine Modefarbe der Saison, aber die graue Masse (ja, sie ist oft grau) bleibt bei Schwarz-Braun-Dunkelblau. Feigheit vor der Farbe nennt man in diesem Zusammenhang beschönigend ›dezent‹ [...] nur wenige Menschen haben den Mut, von Mainstreamfarben der Mode abzuweichen.*

Chris stellt ganz zutreffend die Dominanz des Schwarz-Braun-Dunkelblau fest. Er setzt dem seinen Appetit auf Farbe entgegen und fühlt sich offenbar zu einer Rechtfertigung veranlasst: Bewusst hebt er sich vom Mainstream ab. Sein Markenzeichen: eine schrille Brille, bunt, aus Kunststoff. Dass er sich von dem »einfallslosen Einerlei« distanziert, heißt nicht, dass er allein ist. Nein. Mir ist oft aufgefallen, wie viele Männer und Frauen ähnliche Brillen tragen – knallrot oder schwarz, mit überdimensionalem oder auffälligem Rahmen.

Die anderen schrillen Brillenträger scheinen ebenfalls diesen unbändigen Appetit auf Farbe zu spüren. Man könnte meinen, dass sie Individualisten sind, gleichzeitig bilden sie eine Gemeinde. Ob sie sich auf der Straße erkennen? »Ja«, behauptet Chris, der ihr Anführer sein könnte, »das läuft alles über Blickkontakte.« Andere Merkmale? Ihre Vorliebe für Farbakzente ist nicht selten in Kombinationen zu finden: mit Kontrasten in der Kleidung und einer frechen Frisur, »jugendlich« – obwohl von jungen Menschen eher kaum getragen – oder alternativ: graue oder lange Haare.

Wofür steht das farbige Accessoire? Für die Ästhetik eines Alters. Ein Künstler aus Erfurt, eine Friseurin aus Halle oder eine Kollegin aus Montreal zeigen sich ebenso, so verschieden sie sind: politisch, sowohl links als rechts; Männer und Frauen; Tee- und Schnapstrinker, Veganer und Fleischesser. Bei aller Vielfalt haben die Farbhungrigen jedoch eins gemeinsam:

Von einigen Ausnahmen abgesehen, sind sie – geschätzt – um die sechzig und plus. Um mich des Phänomens zu vergewissern, habe ich im Brillenfachgeschäft, sozusagen bei ihrem Dealer, nachgefragt. Ob solche Brillen – ich zeigte einige Exemplare – von beiden Geschlechtern ab einem gewissen Alt... Meine noch nicht zu Ende gestellte Frage wurde gleich mit einem heftigen und emphatischen Nicken beantwortet. Eine Selbstverständlichkeit, also.

Mehr als die Zugehörigkeit zu einer sozialen Klasse (wie einst das Monokel), zu einer politischen Heimat, zu bestimmten Ländern oder zu einer Genderidentität verrät zumindest heute die Ästhetik der Brille ein Alter. Das ist physiologisch bedingt durch die Notwendigkeit der Sehkorrektur, aber nicht nur: Man könnte sich ja für weniger auffällige Modelle entscheiden. Präziser ausgedrückt: Die Ästhetik weist auf den Umgang mit einer in einem bestimmten Alter auftretenden Norm hin. Damit verbindet sich eine Lebenshaltung. Es ist so, als ob die schrillen Brillenträger nichts mehr müssten, nichts zu verlieren hätten, nach dem Motto: »Ich lass es mir nicht mehr gefallen« oder »es ist mir völlig egal«. Das diffuse »es«, das man nicht mehr hinnehmen muss, ist die Norm, die in Form von Blicken und Kommentaren hervortritt.

Im Kampf gegen die ästhetische Norm, die eine Mehrheit in schwarz-braun-dunkelblaue Uniformität einkleidet, und gegen das Grau des Alltags verbreitet die Gemeinde der schrillen Brillenträger im Selbstauftrag Fröhlichkeit,

Mut, Bekenntnis zu Kontrasten. Die leuchtenden Farbakzente, die sie in unsere Richtung werfen, stechen in die Augen, sind uns manchmal zu viel oder wirken zu bemüht.

Ich bin mir nicht sicher, ob sie durch die schrillen Brillen schöner und jünger wirken, aber sie machen sie in jedem Fall interessant. Bunte Vögel wecken Aufmerksamkeit, ziehen Komplimente von Fremden in der Service-Industrie auf sich, lösen Gespräche aus.

Ob der Kampf zu gewinnen ist? Mag sein, dass die Alterung der Gesellschaft ihnen Hoffnung macht. Jedenfalls traue ich Chris zu, dass er den Kampf nicht aufgibt – er versicherte mir unlängst, dass er einige Menschen von seiner Ästhetik überzeugt hätte. Jenen Appetit und inneren Antrieb zum Farbenrausch habe ich persönlich noch nicht verspürt. Aber das kommt sicher noch. Das passende Schuhwerk dazu habe ich schon. Ein farbenfroher Mann meiner Bekanntschaft, um die sechzig, hat mich einmal ermuntert, mir auffällige grüne Stiefel anzuschaffen. Noch habe ich sie nicht getragen, aber ich sehe es schon: Bald laufe ich mit leuchtenden Schuhen im Friseursalon herum und spreche junge Kunden mit einer Selbstsicherheit, die ich jetzt noch nicht habe, an. Ich ermutige sie, sich doch keine Sorgen um ihre Geheimratsecken zu machen und biete ihnen eine »frische« Frisur an.

Erschienen auf Französisch als »Extravagantes lunettes«, *Siggi, le magazine de sociologie,* **Herbst 2023, S. 46–47.**

Wörter aus dem Salon

Die Ästhetik hat ihre Schulen, Institute, Geschäfte, Fachpresse und auch ihren Wortschatz. Einige Wörter aus dem Wortschatz der Ästhetik möchte ich hier genauer anschauen.

Frisch

Man denkt an das Gefühl nach dem Duschen oder nach einem Friseurbesuch, an Reklame für Frauenhygieneprodukte, Deosprays und Mundwasser, an Milch und an Blumen. Was verbindet diese sonst heterogenen Beispiele? Ein Zustand, der per Definition vergänglich, also flüchtig ist.

Weil sich das Wort »frisch« in andere Sprachen, beispielsweise in Französisch erstaunlicherweise schwer übersetzen lässt, schlagen wir bei Antonymen nach: klebrig, fahl, verblasst, krank, geronnen, verblüht, verwelkt. Diese Wörter bezeichnen die schicksalhafte Vorstufe eines Endes.

»Du riechst frisch.« Ja. Und »unfrisch«? Wenn das Wort auch wenig üblich ist, erzählen Friseurinnen gelegentlich vom Geruch alter Menschen, von Krankheit und Tod.

»Frisch« ist also ein Zustand des Noch-Nicht: nicht alt, nicht hässlich, aber nicht mehr jung, schön; ein »noch gut«. Der Haarsalon, der in allen Fällen das Positive betont, verwendet dieses Wort. Darin liegt seine Daseinsberechtigung. »Noch« sagt er und macht sich an die Arbeit, zum Beispiel mit leuchtenden und frischen Farben oder frechen Frisuren. Trotz aller Verschönerungsmaßnahmen seiner Mitarbeiterinnen klingt das Wort wie ein Rettungsversuch, denn – wie eine von ihnen zu sagen pflegt – »nichts ist für immer«.

Eine Geschäftsfrau meiner Bekanntschaft, um die fünfzig – also *noch* nicht alt – und immer am Rand des Bankrotts, hat sich einmal eine 69-Euro-Hautcreme gegönnt. Sie habe kurz darauf eine Freundin getroffen, die ihr ein Kompliment machte: »Du siehst frisch aus!« Also hatte sich, so beteuerte die Geschäftsfrau, die Investition gelohnt. So gesehen ist frisch gut. »In meinem Alter, meinte sie, kann man damit schon zufrieden sein.«

Zufrieden

Das Wort »zufrieden« macht unsicher, zumindest gilt das für Französischsprechende. Was bedeutet das Wort »wirklich«? Wenn ein Kunde in meinem Montrealer Salon sagen würde, er sei zufrieden, dann wäre das eindeutig als Ausdruck einer Enttäuschung zu verstehen. In Halle dagegen nicht unbedingt. Wenn Thomas, Wolfgang oder Carsten das Wort in den Mund nehmen, kann man es vermutlich wortwörtlich verstehen.

Ein Kunde in Montreal findet es gut, dass manche meiner Halleschen Kunden das Wort ernst meinen. Er betont in diesem Kontext, dass es hier bei der Zufriedenheit um das »absolut Mindeste« geht. Er weiß es selbst nicht, aber der Montrealer Kunde ist ein Fan der Bodenständigkeit. Auch wenn es für das Wort keine richtige Entsprechung in der französischen Sprache gibt, sind deutsche Beispiele auf Instagram leicht zu erkennen: Unter #bodenständig findet man etwa solche Sätze: »Richtig gut heißt nicht nur Mittelmaß, es heißt eigentlich perfekt in der Sprache der Bodenständigen, die durch ihr Urteil nicht zu viel preisgeben wollen.«

Der Haarsalon ist ein eigenartiger Ort. Mit Ausnahme der »Bodenständigen« drücken Kunden selten aus, was sie eigentlich denken. Deshalb wissen Friseurinnen oft nicht recht, wie ein Haarschnitt, eine Farbe oder das Haarlegen gefällt. Von dieser Unsicherheit geplagt erkundigte ich mich bei einer erfahrenen Salonbesitzerin nach Indizien, die auf eine Unzufriedenheit hinweisen können. »Du siehst es manchmal an den Augen«, antwortete sie, »oder du kannst es dem Kommentar eines begleitenden Freundes entnehmen, wenn er etwas zu sagen wagt wie: ›Das sieht ja anders aus‹, oder ›Das ist mal was anderes …‹« Also: das absolut Mindeste.

Seit ich darauf aufmerksam geworden bin, weiß ich: Die Kunden, die wirklich zufrieden sind, schieben ein »sehr« davor. Sie sind »sehr« – oder gar »mega« – zufrieden.

Einen ganz kleinen Moment

»Einen ganz kleinen Moment.« Timing ist im Haarsalon wichtig. Zeit wird so eingeteilt, dass möglichst viele Kundinnen gleichzeitig bedient werden können. Einmal Schneiden oder Haarewaschen während die erste Kundin auf das Wirken der Farbe wartet, zum Beispiel. Die Zeit für eine »Sitzung« ist begrenzt. Das Wort Sitzung erinnert im Übrigen an den Besuch bei einer Therapeutin. Und obwohl die Arbeit der Friseurinnen mit der von Therapeutinnen mitunter verglichen wird (»eine Untersuchung im Salon! Ausgezeichneter Ort: Da kannst du viel hören ...«), besteht die Gefahr, enttäuscht zu werden. Denn: Im Salon redet man nicht wie in einer Praxis für Psychotherapie. Klar gibt es sie manchmal, die vertraulichen Gespräche. Sie sind jedoch die Ausnahme, denn der Salon und seine gesellige Atmosphäre tendieren dazu tiefe, intime Gespräche zu verhindern. Und – diesmal ähnlich wie bei der Therapeutin – ist die Sitzung nach der vorgesehenen Zeit vorbei. Der nächste Kunde wartet schon. Der Nächste, bitte!

Alles gut!

Hallo! Hallo.
Alles gut? Alles gut.
Drei an der Seite, sechs oben bitte. [*Nicken*]
Bitte schön!
Alles gut? Alles gut!
Der Nächste bitte ...

Mutti

Ein Soziologe hat ein Buch über eine ostdeutsche Stadt in den 1990er Jahren geschrieben. Darin argumentiert er – oder vielmehr: er bemängelt – dass es dort eine Familiarität gibt, die jeden Moment droht, in Peinlichkeit oder Sentimentalität zu kippen.

Als Beispiel für diese charakteristische Familiarität nennt er das Wort »Mutti«, das auf dem Gebiet der ehemaligen DDR weit verbreitet ist. Er deutet dieses Wort als das Zeichen eines unterentwickelten »Ichs«. Der Soziologe ist sichtlich irritiert: Er selbst habe als Kind immer darauf bestanden, »meine Mutter« und nicht »Mutti« vor Dritten, zum Beispiel am Telefon, zu sagen. Dadurch habe er sein eigenes Selbst, die Selbstachtung, die es den Menschen in der von ihm untersuchten Stadt mangele, wiedergewinnen können.

Ein alteingesessener Friseursalon in Halle wehrt sich gegen die Behauptung des Soziologen. Hier zeigt das Wort eine gewisse Balance zwischen dem Informellen und dem Formellen während der Erbringung einer Dienstleistung bei langjährigen Kundinnen. Das Wort »Mutti« oder »ihre Frau Mutti« trägt zur Erhaltung eines gelungenen Verhältnisses zwischen Nähe und Distanz bei. Als Soziologe kann man sich freuen, von Familiarität geprägten Momenten beizuwohnen.

Bisher unveröffentlicht.

Zwanglos mit Niveau

Ästhetischer Bericht aus dem Institut für Sozialforschung*

* »Internationale Siegfried Kracauer-Konferenz«, 19.–21. Mai 2022, Frankfurt am Main.

Im Mai 2022 nahm ich an einer Konferenz am Institut für Sozialforschung in Frankfurt am Main teil. Deren Ziel: Einen für dieses Buch wichtigen Autor kritisch zu loben und in den Schoß der Kritischen Theorie der Frankfurter Schule aufzunehmen.

Die Kritische Theorie ist zwar nicht unangefochten, aber trotzdem modisch, schick. Ein Blick auf die Teilnehmerinnen und Teilnehmer der Konferenz: Wie sehen sie aus? Auf jeden Fall waren sie sich ähnlich. Sie teilten wohl eine ästhetische Sensibilität, die quasi dialektisch in Verbindung mit der Theorie stand und nur von jungen Anhängerinnen und Anhängern Walter Benjamins übertroffen wird, dagegen wohl kaum auf einer Weber- oder Luhmann-Konferenz denkbar wäre. Diese Ausstrahlung wurde durch den Ort verstärkt: Ein luftiges Gebäude, mit klaren und neusachlichen Linien, das den Geist der Demokratie zu atmen scheint.

Die besagte Konferenz war eine Veranstaltung von Gutgekämmten, was in akademischen

Milieus – wo man sich oft damit begnügt, sich die Haare selbst oder gegenseitig zu schneiden – nicht selbstverständlich ist.* Das hier versammelte schmucke Publikum bestand aus jungem androgynen Wissenschaftsnachwuchs und Veteranen der Kritischen Theorie. Die Ersteren trugen Doc Martens, flaches Schuhwerk, ausgewählte Socken, hochgekrempelte Vintage-Jeans und zeichneten sich durch ihre Frisuren aus: Wilde Crops mit rasierten Seiten, die an den Maler Heinrich Hoerle auf einem Foto von August Sander aus dem Jahre 1928 erinnerten, oder Carrés und Pony wie bei den Frauen des gleichen Fotografen. Die Veteranen trugen weder Krawatten noch karierte Hemden. Das Publikum bestand auch aus redseligen Studierenden im Ruhestand, die ihre Schuhe auszogen und sich gedanklich einmischten. Die Mode der Saison war lässig – zwanglos, aber mit Niveau.

Eine Aussage des berühmtesten Institutsdirektors und der bekanntesten Glatze des Faches im Land, die er zur Lebzeiten des Autors formuliert hatte, stand im Raum: *Der Autor sei nicht kritisch genug.* Ein späterer Leiter des Instituts wagte in einer Geste der Rehabilitierung zu behaupten, die Kapitalismuskritik sei der rote Faden seines Werkes. Ich selbst neige eher zur Interpretation eines noch späteren Institutsdirektors, demzufolge der Autor eine *performative* Kritik übe, die durch seinen eigenartigen Schreibstil einen Effekt bei den Leserinnen und Lesern hervorruft, ohne ihn aufzuzwin-

* Siehe »Ikone der Stillosigkeit«, S. 151–154.

gen. Er zeigte zum Beispiel, wie die Kritik nicht etwa im Namen eines externen Wertes formuliert wird (etwa die Gerechtigkeit),* sondern durch das Darstellungsverfahren entsteht. In seinen einzelnen Beschreibungen vergleicht der Autor Gegenstände und Situationen – zum Beispiel Botschaften auf Plakaten einer Arbeitsvermittlungseinrichtung mit der Situation der Arbeitslosen, die sich dort aufhielten. Oder er stellt Themen übereinander, verschränkt sie durch Montagetechnik. So dargestellt, kritisiert sich die Wirklichkeit sozusagen von selbst.*

* Kracauer betont allerdings stets die menschliche Würde. Siehe Thériault (2022).

Die Beiträge waren höchst anregend. Sie zogen eine Fülle von Materialien heran, Reiseberichte, Feuilletonartikel, ein Buch über Geschichte als Wissenschaft oder eines zu Filmen, und bezeugten die breite Rezeption des Werkes. Mein bescheidener Beitrag zur Konferenz lag darin, zur Einheit von Schreib- und Forschungspraxis, wie der Autor sie praktizierte, zu ermuntern.

* Sutterlüty (2023), S. 45.

Als es zwischendurch etwas schwieriger oder mir langweiliger wurde, habe ich Frisuren beobachtet: Während ein Teilnehmer mittleren Alters inhaltlich Altbekanntes aufwärmte, fand ich Interesse an seiner punkartigen Frisur; ein österreichischer Soziologe mit widerspenstigem Wirbel forderte meine Fantasie heraus. Bei einem langen Exkurs auf einem Panel habe ich dann den drei Männern, die neben mir saßen, gedanklich die Haare geschnitten. Könnten diese Extrastunden nicht als Teil meiner Praxisausbildung zählen?

Im Einleitungsvortrag deutete eine Referentin darauf hin, dass der Autor – der ein Kongress-Skeptiker gewesen sei – diese Art von Veranstaltungen kritisch gesehen hätte. Er war jedoch auch eitel. Ich kann mir vorstellen, dass er die kleinen Irritationen übersehen hätte und in seiner ironischen Art auf seine Kosten gekommen wäre.

Bisher unveröffentlicht.

Unbehagen in Montreal

Die Modebremser

Der Ausbilder warf einen Blick auf das Foto, das ihm die Kundin auf ihrem Handy zeigte. Er wusste sofort, was zu tun ist.

Er betrachtete die Kopf- und Gesichtsform, die Haarstruktur. »Das ist der Moment eines impliziten Vertrags, in dem alles entschieden wird«, hatte er uns, seinen Auszubildenden, später erklärt. Alles passierte schnell.

Er stand gerade mit leicht gespreizten Beinen, geneigtem Kopf und zusammengepressten Lippen. Wir folgten dem Schwung seines Körpers, den Bewegungen seiner Hände, durch die die schönen und sauberen Strähnen glitten, wir lauschten dem präzisen Umgang mit der Schere – dem Klang der gelungenen Arbeit. Seine Gesten hatten etwas von der Virtuosität, die den Künstler vom Handwerker unterscheidet. Er beherrschte seinen Beruf so meisterhaft, dass er seine Grenzen überwinden und sich selbst übertreffen konnte.

So dachte ich zumindest. Ich befand mich zwar immer noch in der Ausbildung, hatte aber inzwischen genug Selbstvertrauen, um nicht an jede meiner Bewegungen zu denken (halte ich die Schere richtig? Kann der Kunde im Spiegel meinen verschwitzten Hemdrücken sehen?).

Nun hatte ich also die Möglichkeit, die Produktion der Haarmode sozusagen von innen zu beobachten. Und schon entstand ein Zweifel, der die Illusion zu zerstören drohte: Machte unser Ausbilder immer das Gleiche? Wiederholte er nicht stets den gleichen Schnitt?

Einige Indizien trugen zu dieser Vermutung bei. Ein Beispiel sei hier genannt: Ohne sich für den Vertrag, der mich an meinen Kunden band, zu interessieren, korrigierte der Ausbilder einen von mir angefertigten Haarschnitt. Er brachte ihn in die Form des gerade herrschenden Stils. Meine Zweifel an dieser Korrektur könnte man natürlich mit verletztem Stolz erklären, doch es gab auch Hinweise darauf, dass sie eine gewisse Berechtigung hatten. Wieso bekam mein Kunde mit seinem langen und schmalen Gesicht, den gleichen Schnitt wie ein junger Mann mit runder Form und flachem Kopf?

Nach der Beobachtung des Soziologen Georg Simmel ist die Mode nichts weniger als der Motor der Gesellschaft, des Wandels und dessen Tempo. »Das Wesen der Mode besteht darin«, schrieb er 1911, »daß immer nur ein Teil der Gruppe sie übt, die Gesamtheit aber sich erst auf dem Wege zu ihr befindet.«[*]

* Simmel (1996 [1911]): »Die Mode«, S. 195–196.

Dieser Satz, der einen gleichzeitigen Prozess von Nachahmung und Unterscheidung zu fassen versucht, klingt so überzeugend, dass er beinahe Gesetzescharakter erlangte. Wenn er inzwischen kritisiert worden ist, liegt es zum Teil daran, dass die Modeproduzenten in die Analyse einbezogen worden sind.

Bei näherer Betrachtung erfordert die Mode die Arbeit einer ganzen Reihe von Produzenten und Vermittlern. Friseurinnen, Friseure und Barbiere gehören dazu. Doch scheinen eben Letztere sich gegen die Mode zu sträuben, indem sie ihr Tempo bremsen.

Es ist nicht etwa so, dass die Haarspezialisten keine Künstler sein können, oder dass unser Ausbilder inkompetent ist. Ganz und gar nicht. Selbst wenn er die Augen verbunden hätte und nur eine Hand benutzte, würde ich unserem Meister bedenkenlos meinen Kopf anvertrauen. Was sind also die Gründe, die die Haarspezialisten dazu veranlassen, die Mode zu verlangsamen? Die Wünsche der »Gesamtheit« auf ihrem »Wege zur Mode« fallen mir hier ein; der Wunsch der Haarspezialisten, der Kundschaft zu gefallen und sie an sich zu binden, aber auch der Kontext der Ausbildung und die Notwendigkeit, handwerkliche Fehler zu korrigieren. Letzteres widerspricht den Imperativen der Mode, zumindest wie man über sie lange nachgedacht hat. Ich muss gestehen, dass ich selbst – damals mangels besseren Wissens und vielleicht auch Könnens – tendenziell den gleichen Haarschnitt reproduzierte und somit dazu beitrug, das Tempo der Mode zu verlangsamen.

Bei der enttäuschten Kundschaft und bei allen, die nicht bloß »auf dem Wege« zur Mode sein wollen, sondern sie üben und vorantreiben wollen, entschuldige ich mich aufrichtig.

Erschienen auf Französisch als »Ralentir la mode«, *Siggi, le magazine de sociologie*, Frühling 2021, S. 26–27.

Der Denunziant

Kleine Goffman'sche Übung*

* Erving Goffman (1922–1982), nordamerikanischer Soziologe, bekannt für seinen theatralischen Ansatz in der Beschreibung des alltäglichen Lebens.

Ein junger Kollege von der Uni, Jules, empfiehlt seinen Freundinnen, Mitbewohnerinnen und Bekannten regelmäßig meine kostenlosen Friseur-Dienste. Diese Woche hat mir eine Lili ihren Besuch abgestattet. Danach schrieb mir Jules eine Nachricht: »Für Deine Studie: Sie findet es zu kurz, hahahaha.«

Jules ist unverbesserlich. So macht er das immer: Er kolportiert hinter dem Rücken seiner Bekannten ihre Kommentare und Kritiken. Um mit Erving Goffman zu sprechen, kann man sagen: Er verfügt über einen privilegierten Zugang zur Welt hinter den Kulissen (*backstage*). Er berichtet davon, was die Frauen auf der Bühne (*frontstage*), die der Haarsalon ist, nicht zum Ausdruck bringen. Die meisten Kundinnen geben ihre Unzufriedenheit nicht preis. Es ist nicht verboten, aber sie tun es nicht. Die Geselligkeit und der reibungslose Verlauf der Interaktionen im Salon – und in der Gesellschaft überhaupt – erfordern eine Portion wohldosiertes Geheimnis.

Jules treibt sein Spielchen auf zwei Seiten und hat offensichtlich Spaß daran. Ich auch, muss ich zugeben. Er ist, was Goffman einen *Denunzianten* nennt, jemand, der gegenüber den Darstellern vorgibt, Mitglied des Ensembles (*teams*) zu sein.[*] Er ist Mit-   * Goffman (2017 [1959]), S. 133. glied meines Teams, aber sicher auch das der anderen. Wenn er mir von seinen Bekannten erzählt, zweifle ich nicht daran, dass er ihnen ebenso über mich berichtet. Bei ihm handelt es sich wahrscheinlich um einen besonderen Typus von Denunzianten: der des Vermittlers oder Zwischenträgers (*go-between*): Er »erfährt die Geheimnisse beider Seiten und erweckt bei jeder Seite den berechtigten Eindruck, daß er ihre Geheimnisse bewahren« wird.[*]

Worin besteht das Geheim-   * Idem, S. 136. nis von Jules' Bekannten? Worüber beklagen sie sich hinter den Kulissen? Nun, es scheint, dass sie nie ganz zufrieden sind. Die Länge des jeweiligen Haarschnitts stellt sich eigentlich immer als unvollkommen heraus: Das Resultat ist entweder zu kurz oder zu lang.

Ein berühmter Friseur hat einmal behauptet, dass die meisten Frauen kein Gespür dafür haben, was ihnen steht. Sie hätten nur einen Wunsch: schön auszusehen.[*] Sie   * Ilya Vilko zitiert nach Lüdtke vertrauten diesen Wunsch Haar-   (2021), S. 53. spezialisten an, ebenso wie anderen Wartungsspezialisten des Äußeren und der Ästhetik, wie etwa Chirurginnen, Tätowierern, Kosmetikerinnen. So setzten die Frauen ihre ganzen Hoffnungen auf solche Fachleute und verliehen ihnen eine Macht, die zweifellos über das Menschenmögliche hinausgeht. Und das Ergebnis? Die Frauen seien oft enttäuscht, kehrten jedoch immer wieder hoffnungsvoll zurück.

Zu gerne würde ich von positiven Fällen berichten, von sehr zufriedenen und begeisterten Kundinnen. Tatsache ist, dass ich nicht weiß, was sie denken und anderen berichten, nachdem sie den Salon verlassen haben. Ohne die Hilfe eines Denunzianten bleibt mir alles, was sich hinter der Bühne abspielt, verschlossen. Über all das dozierte ich vor mich hin, als Jules mich unterbrach: »Hey, redest du gerade als Soziologin oder als Friseurin?«

Folgt man Goffmans Ideen, besteht kein Unterschied zwischen beiden – zwischen mir als Soziologin und als Friseurin. Denn für ihn sind wir alle Beobachterinnen und Beobachter der Gesellschaft. Manche aber sind aufmerksamer, scharfsinniger als der Durchschnittsmensch – darunter in erster Linie die Misanthropin und der Soziologe.

Jules ist ein gutes Beispiel für einen scharfsinnigen Beobachter. Er erkennt und beherrscht die Regeln der Interaktion so gut, dass er mit ihnen spielen und uns überlisten kann. Von seinen spöttischen Bemerkungen habe ich übrigens einiges gelernt. Neulich hat mich eine junge Frau nach erfolgtem Haarschnitt gebeten, ihr die Haare oben auf dem Kopf noch etwas kürzer abzuschneiden. Die fünf Millimeter »zu viel« habe ich als ein Zeichnen von Unzufriedenheit gedeutet. Weil ich inzwischen weiß,

dass die jungen Kundinnen – zwar nicht syste-
matisch, aber oft – unzufrieden sind, täusche
ich Kompetenz vor und tue so, als ob ich hier
und da einige Millimeter abschneide. Und alle
sind zufrieden, so scheint es zumindest.

Bisher unveröffentlicht.

Malaise auf der Avenue du Mont-Royal

Von außen gesehen unterscheidet sich der Salon in Montreal keineswegs von seinen Pendants in Halle und Erfurt. Hier wie dort gibt eine große Uhr an der Wand, Motivationssprüche wie »Peace« »Love«, »Grateful«, »Believe« als Deko und laufende Musik im Hintergrund. Der Montrealer Salon bietet auch Schnitt und Farben an, für Männer, Frauen und Kinder. Alles wird gemacht, außer Männerbärte – der Eigentümer des Salons ekelt sich davor. In einem Punkt unterscheiden sich die Salons aber, zumindest an diesem Samstagmorgen im März: Hier ist die Stimmung irgendwie unbehaglich, fremd, kalt. Um die Lage zu verstehen, versuche ich hier den Ablauf des Morgens zu rekonstruieren.

Ich setze mich auf einen Stuhl. Die Uhr zeigt 10:02. Gleich als der Friseur sich ohne große Einführung anschickt, meine Haare dunkelbraun zu färben, greift er das Thema Weltpolitik auf. Gespeist aus alternativen Quellen will er mich ein bisschen belehren. Eine Farbe braucht Zeit, muss eingelegt werden und zie-

hen, und so bin ich ihm ausgeliefert. Weil er
weiß, dass ich schon mal einige Monate in der
Ukraine verbracht habe, sagt er mir, was ich mi-
litärisch von der Situation im Land halten soll.
Auf den Punkt gebracht: Die Ukraine muss sich
dem russischen Koloss fügen. Dem ukraini-
schen Präsidenten traue er nicht; er habe keine
strategischen Erfahrungen. Als ich eine gewisse
Gereiztheit aufkeimen spüre, versuche ich das
Thema zu wechseln. Ich frage nach seinem neugeborenen Baby. Ob es etwa gut schläft? »Nein,
es schläft kaum.« Als eine Frau den Salon betritt
und sich nach einem spontanen Termin erkundigt, bin ich erleichtert. Der Friseur wirft einen
kurzen Blick auf das Handy in der Tasche seines
Tracksuits und sagt ihr, sie könne Platz nehmen.

Während der 35 Minuten, die die Farbe zum
Ziehen benötigt, hat der Friseur Zeit, die neue
Kundin zu bedienen. Ich komme nicht umhin,
ihr Gespräch mitzuhören. Die Sechzigjährige
wollte nicht unbedingt kürzere Haare, aber auf
jeden Fall blonder werden. Sie fängt an, sich zu
beklagen, aber nicht ungesellig. Sie wählt ein
klassisches Thema der Alltagsbeschwerde: Es
lautet »früher war alles besser.« Früher waren Kinder nicht so verzogen wie heute; früher wurde besser gegessen als heute; früher
wurde mehr gespart als heute. Sie sei zum Beispiel erst mit dreißig zum ersten Mal beim Friseur gewesen. Obwohl das nun wirklich nicht
sehr zuträglich für das Friseurgeschäft ist, sind
sich die beiden einig: Früher war definitiv alles
besser. Es geht weiter, hin und her. Zwischen-

durch piept mein Handy, eine SMS mit beunruhigenden Nachrichten von Freunden aus Kyiv erreicht mich und unterbricht mein Zuhören.

Als ich das Belauschen des Gespräches wieder aufnehme, haben Friseur und Kundin das Thema gewechselt. Er hat übernommen. Ich höre, wie er – trotz der Beschwerde über das Neugeborene – sich zehn Kinder wünscht. Sie erwidert skeptisch, dass er in seinem Alter von vierzig sich wohl beeilen müsste. Er hat eine Antwort parat, die meine Bedenken bezüglich seiner Schlaflosigkeit ausräumt: Er wünscht sich Kinder von verschiedenen Frauen. Mir scheint, dass die Kundin das Gespräch nun nicht mehr lustig findet.

Die Uhr zeigt nun 11:25. ›Ob es nicht Zeit wäre, meine Farbe auszuwaschen? Es sollte nicht schwarz werden‹, denke ich mir. Währenddessen fegt eine junge Friseurin die Haare um ihren Friseurstuhl zusammen, nicht aber um den des Chefs.

Die Uhr zeigt 11:34. Der Friseur ist wieder bei mir. Während die blonde Farbe bei der anderen Kundin wirkt, wird mein Kopf endlich gewaschen. »Wie geht's deinen Bekannten in der Ukraine?«, erkundigt sich der Friseur in einem plötzlichen Anfall von Aufmerksamkeit. »Sie fürchten sich. Sie schlafen im Luftschutzbunker«, gebe ich zur Antwort. Diesmal zeigt er sich überraschend optimistisch: »Ich sage immer: ›Nach dem Sturm kommt die Ruhe‹.«[*] Als er meine Haare noch abschließend in Form bringt, verstumme ich.

[*] *Après la plus, le beau temps.*

Was ist an diesem Morgen im März passiert, dass die Stimmung so unbehaglich war? War es vielleicht der Winter, der kein Ende nahm, oder die vom Baby verursachte Schlaflosigkeit? Mag sein. Jedenfalls hatte der Friseur das Prinzip der Geselligkeit (das das Politische und Intime vermeidet und ein Maximum an Freude, Entlastung, Lebendigkeit gewährt) verletzt und somit den doppelten Sinn des Wortes »sich unterhalten« missachtet.* Statt Mitleid aufzubringen (»Es ist ganz furchtbar«) hatte er seine Meinung, eine kontroverse – russenfreundliche und frauenfeindliche –, mitgeteilt und uns belehren wollen. Mit Ausnahme der jungen Friseurin, die in ihr Handy vertieft war und so die Situation zu transzendieren schien, waren die andere Kundin und ich gereizt. Auf einmal nahm ich das Graue der Wände wahr, die der Farbe des Matschs draußen ähnelte, den mit Haaren übersäten Boden; die schrillen Beats der Synthesizermusik und das Piepsen der Handys. Gleichzeitig schien meine Farbe dunkler als gewohnt geworden zu sein und der Friseur nicht liebevoll, sondern schroff. Der Krieg hatte in Form von Irritationen und Reizbarkeit den Salon heimgesucht. Kein »Peace«, »Love«, »Grateful«, »Believe« an den Wänden konnte das kompensieren.

* Simmel (1999 [1917/1911]): »Die Geselligkeit (Beispiel der Reinen oder Formalen Soziologie)«, S. 110 und S. 115.

Bisher unveröffentlicht.

»*Friseurgespräche sind der unwiderleg-
liche Beweis dafür, dass die Köpfe der
Haare wegen da sind.*«
Karl Kraus, *Aphorismen* [1986]

Superstars der Geselligkeit

Für meine Kunden: Kleine Orden und soziologische Lobe

»**D**u hörst sicher interessante Geschichten. Die Leute öffnen sich, erzählen ganz viel über sich selbst«, behauptete eine Bekannte beim Wein.

»Die Gespräche sind meistens oberflächlich ...«, erwiderte ich auf diese sich wiederholende Aussage und lüftete damit eines der Geheimnisse des Friseursalons.

Meinen Einwand wollte die Bekannte, wie die meisten Menschen, mit denen ich mich unterhielt, nicht hören. Auch Friseurinnen propagieren diese Idee, nach der sie so etwas wie Psychologinnen oder Therapeutin sind. Man kann das als eine Art Verteidigungsmechanismus verstehen, denn Oberflächlichkeit steht generell in schlechtem Ruf. Wenn ich nun auf dieses Thema eingehe, mag das den Anschein eines Mangels an Solidarität erwecken. So ist es aber nicht. Ich selbst bin eine entschiedene Anhängerin der Oberflächlichkeit. Ich liebe die Möglichkeit, die der Friseursalon bietet, fast uneingeschränkt Komplimente machen zu können – gegenüber Frauen wie Männern –, ohne mich rechtfertigen zu müssen. Was habe ich als Friseurin schon alles gesagt! »Sie haben eine schöne Kopfform, großartige Locken, wohlgeformte Ohren, einen zierlichen Nacken.« Vor allem: Oberflächlichkeit liegt in der Natur der Gesellschaft, dem allerersten Prinzip der Friseursalons.[*]

Man redet in Friseursalons viel, nur so, um des Redens willen. Friseursalons sind Orte der superlativen Sprache und der Übereinstimmung; hier gibt es keine Konfrontation, hier herrscht das leichte Gespräch. Wenn die Gesellschaft eine Art Enklave im Ernst des Lebens, eine Welt neben der Realität ist,[*] so sind die Friseursalons ein materieller Ausdruck dieser besonderen Sphäre, wo die Menschen miteinander verwoben sind und sinnlich aufeinander wirken.[*]

Nachdem ich mehrere Monate in Halle Haare geschnitten habe, ist nun die Zeit gekommen, mich meinen Kundinnen und Kunden sowie manchen Kolleginnen und Kollegen – diesmal nicht mit Schere und Haarschneidemaschine – zu widmen. Einigen von ihnen werde ich kleine Auszeichnungen verleihen. Ehren möchte ich die Superstars der Gesellschaft. Außerdem möchte ich anderen Kundinnen und Kunden Belobigungen aushändigen, weil sie die Geheimnisse der Salons enthüllt haben. Dafür bekommen sie ihre wohlverdiente soziologische Anerkennung.

[*] Neben dem Abenteuer sieht Simmel in der Gesellschaft eine willkommene Flucht aus dem Alltag und der Rationalität des modernen Lebens. Siehe Osbaldiston (2019), S. 72.

[*] Simmel (1999 [1917/1911]): »Die Gesellschaft (Beispiel der Reinen oder Formalen Soziologie)«, S. 103–121.

[*] Ähnlich wie Fußpflegesalons, siehe Oskamp (2019).

Die Geselligkeit und ihr Medium

Das Medium der Geselligkeit ist das Gespräch, das sprunghaft sein kann, ja zusammenhangslos, ohne dass man das als komisch empfinden muss. Man kommt leicht und ohne Schuldgefühl – wie der Volksmund sagt – vom Hölzchen aufs Stöckchen.

Der Gegenstand des Gespräches ist frei – vom Wetter zum Urlaub über den Ekel – nicht aber beliebig.* Er hängt eben von dem jeweiligen Salon ab, in dem er Thema wird, und von dessen Kundschaft.

* Siehe »Winkefleisch«, S. 39–41 und »Ekelspiel«, S. 132–133.

In Friseursalons spricht man viel, aber auch nicht uneingeschränkt, denn eine Maxime gilt: Wer zu viel – oder zu wenig – redet, bedroht die Geselligkeit. Wer sein Handy herausholt, bedroht sie ebenso. Wer zu sachlich oder gar zu persönlich ist, auch. Die Geselligkeit ist leicht, zusammenhangslos, hat aber ihre eigenen Regeln.

Orden der Geselligkeit

Bertrand, ein 25-jähriger Naturwissenschaftler mit dunkelblonden Locken, spricht von seinem dünnen Bart, von der Zukunft des Präteritums und kommt auf das Trinken von Sauvignon Blanc aus einem silbernen Kelch. Obwohl ich beim besten Willen nicht mehr nachvollziehen kann, wie er auf den daraus entstehenden exquisiten Geschmack des Weins gekommen ist, wundere ich mich nicht. Der junge Mann ist ein Meister des Smalltalks: leicht, reibungslos, einfach herrlich. Ihm verleihe ich den Orden für brillante Konversation.

Andere Kundinnen und Kunden sind auch Naturtalente, geborene Unterhalter. Sie scheinen überall zu Hause zu sein. Sie haben Humor, sprechen nonchalant, und bringen den ganzen Salon zum Lachen. In dieser Kategorie nominiere ich eine Kulturschaffende aus Halle, die die auf den Boden gefallenen Haarbüschel mit Meerschweinchen vergleicht, und eine mir unbekannte, aber unvergessliche Berlinerin, die den Salon im Süden der Stadt besuchte und unglaublich gute Laune verbreitete.

Freilich sind nicht alle Gäste charismatische Smalltalker. Manche haben auch kein Verständnis dafür – bei Simmel ist das der »Rationalist, der konkrete(n) Inhalte(n) und sachlichen Zweck sucht und in der Geselligkeit eine hohle Läppischkeit sieht.«[*] Ein mürrischer Polizist, den ich im Barbiershop bediente, wollte sich partout nicht unterhalten. Ihm kommt wohl der Reiz der besonderen Geselligkeit der Barbiershops entgegen, wo das Gespräch weniger mit einzelnen Kunden als unter den Barbieren und mit den Freunden des Hauses bevorzugt wird.

Die Friseurinnen sind Superstars der leichten Unterhaltung. Ihre unglaubliche Ausdauer soll hier besonders hervorgehoben werden. Manche von ihnen scheinen vom Reden nie müde zu werden. Manchmal frage ich mich, ob sie abends mit einem Partner zu Hause noch sprechen, zuhören oder telefonieren können.

* Idem, S. 107.

Für ihren Redefleiß möchte ich ihnen ein Lob erteilen.

Ich hoffe, dass dieses Lob meine Bemerkung, wonach persönliche Geschichten mit Tiefgang in den Salons selten sind, kompensieren kann.[*] Obwohl ihre Dienste und das Zusammensein guttun und sie zweifellos ästhetische und emotionale Arbeit leisten,[♥] sind die Friseurinnen keine Psychologinnen, wie überall behauptet wird. So viel Einigkeit muss ohnehin stutzig machen. Es mag sein, dass das Image einer Psychologin etwas Glanz im Kampf gegen das Stigma der Oberflächlichkeit verleiht.[+] Genauso ist es im Übrigen mit dem Beharren von Friseurinnen, die auf die innere Schönheit schwören, wie beispielsweise mit Posts auf Facebook wie »Ich mag schöne Menschen. Ihr Aussehen ist mir dabei völlig egal« oder »ein Mensch ohne Macken ist wie ein Buch ohne Seiten«. Diese Reaktion – eine Art Antiphilosophie des Haareschneidens – hat etwas von einer Abwehr und verrät ein weiteres offenes Geheimnis: Die Friseurinnen kritisieren die äußerliche Schönheit, während sie einen wesentlichen Beitrag dazu leisten.[*]

Mein Ausbilder in Montreal, der gerne und polemisch über Po-

[*] Es gibt durchaus Ausnahmen und besondere Momente sowieso. Siehe »Ein bisschen verliebt« und »Spiegelbild mit Evelyn«, S. 120–121 und S. 126–128.

[♥] Unter emotionaler Arbeit versteht Hochschild (2012 [1983]) die Gefühle, die vor allem Frauen im Rahmen einer Dienstleistung aufbringen, weil sie nach einem »feeling rule« erwartet werden. Man denkt an einen Spruch auf einem T-Shirt: »Ich bin Trendsetter, Abschnittsgefährte, Schönfärber, Tränentrockner, Glücklichmacher, Partyretter, Wellenglätter, Traumerfüller, Gedankenleser, Ausbügler, Friseur.« Emotionale Arbeit erfordert Kontrolle über die eigenen Emotionen: Einstecken, nicht kontern (siehe »Die Unzufriedene«, S. 129–131). Ein Gegenbeispiel wäre ein mir bekannter Barbier, der rassistischen und unfreundlichen Kunden empfiehlt, nicht zurückzukommen.

[+] Die Anziehungskraft des Berufs hat übrigens drastisch abgenommen, wie die sinkende Anzahl der Auszubildenden es zeigt. Siehe Liebold und Röbenack (2020), S. 308.

[*] Vergleiche auch Jablonka (2015), S. 127.

litik redet, bekommt die goldene Ananas unter den Friseurinnen und Friseuren. Ständig verletzt er das Prinzip der Geselligkeit, das das Politische und Intime vermeidet und ein Maximum an Freude, Entlastung, Lebendigkeit gewährt. Somit missachtet er den doppelten Sinn des Wortes »sich unterhalten«[*].

[*] Siehe »Malaise auf der Avenue du Mont-Royal«, S. 177–180.

Zugleich verdient er auch soziologische Anerkennung, weil er einen wichtigen Aspekt der Geselligkeit ins Licht rückt: ihre Vergänglichkeit.

Soziologische Belobigungen

Friseursalons sind Enklaven, Parallelgesellschaften, kleine Welten, die für eine vertraute Kundschaft einen geborgenen und geschützten Bereich bilden. Ohne dass ihnen das bewusst ist, teilen die Mitglieder dieser unsichtbaren Gesellschaften oft eine Ästhetik, ein soziales Milieu, eine Sprache, eine Haltung, sogar eine Art sich zu bewegen. Sie können sich sicher auf der Straße gegenseitig erkennen. Auch meine Kolleginnen und Kollegen identifizierten von Weitem meine Kundschaft: »Barbara, dein Kunde kommt!«, hörte ich nicht selten vor deren Ankunft.

Das Besondere an meiner Arbeit in den Salons war, dass ich Menschen anlockte, die nicht zur Stammkundschaft gehörten. So habe ich extraterritoriale Kunden in diese kleinen Welten eingeschleust. Das blieb nicht ohne Konsequenzen. Weil sie fremd waren, erwiesen sich meine Kundinnen und Kunden manchmal als

besonders gute Beobachter. Das war mir bewusst. Damit die Welten, die sonst parallel laufen, sich kreuzen und gegenseitig belichten können, drehte ich den Friseurstuhl oft nach einigen Minuten in die andere Richtung, wenn ich mit einer Seite fertig war. Mit diesem Panoramablick nahmen meine Gäste, ohne sich den Kopf zu verrenken, manche Regeln der jeweilig herrschenden Geselligkeit wahr und machten mich auf Eigenschaften der Stammkundschaft aufmerksam. So enthüllten sie manche Geheimnisse. Zudem waren die Gespräche mit diesen Kundinnen und Kunden tief, reflektiert – obschon nicht unbedingt persönlich. Ich vermute, dass mein Montrealer Ausbilder, der Preisträger der goldenen Ananas, meine Kundschaft deshalb besonders interessant fand.* Für die extraterritorialen Kunden er-
öffnete sich zudem, indem sie sich dorthin begaben, wo sie sonst nicht hingingen, die Chance auf ein kleines Abenteuer.

* Siehe »Arbeitszeugnis«, S. 19–23.

Die erste Belobigung unter den extraterritorialen Kundinnen und Kunden möchte ich einem 49-jährigen Dichter verleihen – einem strubbeligen Bartträger* –, den ich in einem der syrischen Barbiershops frisiert habe. Während ich seine lange und dichte Haarmasse durchschnitt, beobachtete er fasziniert im Spiegel, was sich hinter unseren Rücken abspielte. Sich selbst betrachtete er nicht – das macht er wahrscheinlich prinzipiell nie. Er fand unter anderem suspekt, wie die Barbiere und einige unbekannte

* Siehe auch »Glanz am Rande der Stadt«, S. 34–38.

Männer um einen deutschsprachigen Kunden standen, laut auf Arabisch redeten und scherzten.[*] Nach einer Weile fragte mich der strubblige Dichter irritiert und verwundert: »Wer sind diese Männer? Was machen sie hier?« Ich erklärte, dass das Gespräch im Barbiershop eher unter einer Gruppe von Bekannten entsteht, unabhängig von den Kunden, die sich nicht lange aufhalten. Nach einer Denkpause schloss er perplex das Thema mit der Bemerkung ab: »Es gibt zu wenig Berührungspunkte ...«

Als der inzwischen nicht mehr so strubbelige Bartträger im Begriff war, den Laden zu verlassen, prüften die Barbiere meine Arbeit. »Gut, oder?«, meinte ich. »Gut, Profi«, antwortete einer, gefolgt von einem Kommentar auf Arabisch, der für uns unverstanden blieb und seine positive Reaktion möglicherweise entkräftete. Für seine Beobachtung der im Barbiershop herrschenden Geselligkeit verdient dieser Kunde eine soziologische Belobigung.

Das nächste Lob gilt einem befreundeten sächsischen Professor für Islamwissenschaft, der auf zahlreiche Auslandsaufenthalte im Nahen Osten zurückblicken kann. Als er den Salon betrat, brachte der große und schlanke Mann den Habitus mit, den ich von ihm nur aus einem gemeinsam verbrachten Urlaub in der Türkei kannte. Der Ton seiner Stimme und seine Körperhaltung waren verändert. Nachdem ich

[*] Mehrmals wurde ich aufgefordert, nach der Arbeit im Barbiershop zu bleiben, um wie die Freunde des Hauses »abzuhängen«. Es scheiterte letztlich immer aus ästhetischen Gründen. Einmal habe ich demonstrativ eine Zigarette geraucht und mich hockend mit zwei jungen Männern unterhalten. In dem Moment wurde allen bewusst, dass es nicht geht.

ihn frisiert hatte, ging er zu einem Barbier, seinen gerade anwesenden Freunden und seinem Kunden. Er sprach laut, lässig und mit energischen Handbewegungen. Ich stand leicht abseits und sah zu, wie sich eine gesellige Runde um den Kunden bildete – wie vom einst strubbeligen und nun gepflegten Bartträger beobachtet. Sie tranken Tee, redeten über dies und jenes, während der Kunde, dessen Bartkonturen gerade mit dem Messer rasiert wurden, mit angestrengtem Gesichtsausdruck in der Mitte wie ein Patient ohne Narkose auf einem Operationstisch lag. Es fiel auf: Der Professor wirkte als eine Art Insider und die Barbiere gar nicht so sicher wie sonst, plötzlich etwas gehemmt. In dem Moment merkte ich zum ersten Mal, dass sie klein sind. Die Präsenz des Bekannten offenbarte ein Geheimnis oder ließ zumindest einen Zweifel entstehen: Die Barbiere sind vielleicht nicht so lässig-cool, wie sie nach außen vorgeben. So trauten sie sich nicht alles. Niemand wäre zum Beispiel auf die Idee gekommen, dem Professor ohne Ankündigung die Ohrhärchen mithilfe eines Feuerzeugs zu entfernen wie bei anderen meiner Kunden. Aber all das störte die gesellige Stimmung nicht vollständig. Erst als die Nöte des Alltags einsetzten – der Professor hatte Hunger –, verabschiedeten wir uns und setzten damit der Geselligkeit ein Ende.

Extraterritoriale Kunden sind nicht nur für den Barbiershop typisch. Der junge Antifaschist mit *fade* und Ohrringen, der mich im Friseursalon mit älterer Frauenkundschaft auf-

suchte, wäre ein guter Kandidat für eine Belobigung, wäre er nicht so schüchtern gewesen. Der siebzigjährige grauhaarige Ästhet mit
Wiener Dialekt, der demselben Salon einen Besuch abstattete und sich nicht scheute, abzuläs-
tern, kommt dafür eher in Frage. Es ist nicht so,
dass dieser Mann nicht weltgewandt sein kann.
Nein, er kann sich durchaus über übliche Themen des Salons wie Wanderschuhe, Flaschen-
deckel, Urlaube, Wochenenden, astrologische
Sternzeichen, Regenjacken unterhalten, aber
seine Zunge ist spitz, böse, anders. Ihm verleihe
ich den Preis der Kritik.

Ich fasse zusammen: Extraterritoriale Kunden können Geheimnisse entlarven. Sie sind eine Bedrohung für die Geselligkeit oder können zumindest die Definition der Situation ins Schwanken bringen (»Frau Barbara, was bringst du für Leute hierher?«).[*]

[*] Zur Definition der Situation, siehe u. a. Goffman (2017 [1959]).

Auch ich selbst war letztlich – als zunächst unterqualifizierte Friseurin in den Frauensalons und dann als Frau im Barbiershop – zweifellos extraterritorial. Obwohl ich mich bemühte, diskret und unauffällig zu sein, habe ich im Nachhinein betrachtet eigentlich ziemlich alles getan, um die Geselligkeit zu gefährden. Was ich hier mache? Wer ich sei? Friseurinnen und Barbiere wurden immer wieder genötigt, ihrer Kundschaft meine Präsenz zu erklären. Durch die Fähigkeiten der Superstars der Geselligkeit wurde meine Person in die Salon-Themen eingewoben. Sie reflektierten auch darüber, was sie sind und was sie tun. Manchmal ging meine Linkshändigkeit mit einem Moment positiver Selbsteinschätzung einher, und gab ihnen Anlass, mir etwas zeigen zu können und stolz zu sein.

Wenn ich darüber nachdenke, eigentlich haben wir uns alle gegenseitig beobachtet. Mithilfe von Spiegeln oder sogar von Kameras in den Barbiershops haben mich die Friseurinnen und die Barbiere belauert.[*]

[*] Siehe »Kameras, Spaß und Intrigen«, S. 79–83.

Sie hörten meine Gespräche mit der Kundschaft, kommentierten sie und nahmen sie zum Teil in ihre Themen auf. Eine Salonbesitzerin schien sogar übernatürliche Fähigkeiten zu besitzen, zum Beispiel die, von Weitem eine Frage, die nicht an sie gerichtet war, zu beantworten. Im Grunde sind Friseurinnen eher Soziologinnen als Psychologinnen. Ich wünschte mir, dass mein Fach, die Soziologie, das Ansehen der Psychologie erlangt und das der Friseurin anhaftende Stigma der Oberflächlichkeit kompensieren könnte.

Neulich sprach ich mit einem Montrealer Kollegen über meine Erfahrungen in Halle.[*]

* Jules, aka der »Denunziant«, siehe S. 173–176.

— »Gestern hat mir ein Mann, ein Kunde, so viel Persönliches erzählt ... Ich fühlte mich wie eine Therapeutin«, erzählte ich.

— »Oh, das widerspricht deiner These, nachdem Leute im Salon nichts Persönliches berichten«, kommentierte er.

— »Nein, nein, ich habe vergessen zu erwähnen, dass wir in einem Biergarten waren. Im Salon hätte er mir sowas nie erzählt.«

Bisher unveröffentlicht.

Abenteuer, bürokratisch

»**W**irst du weiterhin das Friseurhandwerk ausüben?« Fragt man mich gegen Ende meines Aufenthalts in Halle öfter. Klar, ambulant sowieso. Noch schöner wäre im Salon. Als Friseurin bin ich selbstbewusster, schneller, auch pingeliger als vor meiner Ankunft. Mein Ehrgeiz ist geweckt. Und die Stadt gefällt mir. Ein dortiger Autor meinte neulich bei Bier und Fernet-Branca: »Wer nach Halle kommt, geht nicht wieder weg.« Mal prüfen, ob meine Ausbildung und Erfahrungen sich offiziell anerkennen lassen.

10. August 2023. Ich mache mich auf dem Weg zur Handwerkskammer in einer benachbarten Stadt. Ein freundlicher Mitarbeiter empfängt mich und ist bereit, alle meine Fragen zu beantworten. Ich erkläre, dass ich nun die seltene Möglichkeit habe – ich habe gerade Zeit und Geld –, mich weiterzubilden. Wie wäre der offizielle Weg?
— »Frau Thériault, Sie müssen erstmal eine Urkunde über eine 12-monatige Ausbildung in Kanada, in Vollzeit, vorlegen. Dazu brauchen Sie einen Nachweis über viereinhalb Jahre Be-

rufserfahrung. Wenn wir diese Dokumente gesichtet und genehmigt haben, werden Sie eine Woche in einem Testzentrum verbringen, hier in der Umgebung, wo Ihre Kompetenzen geprüft werden.«

— »Okay. Ich werde also die Friseurinnen und Barbiere, bei denen ich in Halle gearbeitet habe, um einem Arbeitsnachweis bitten.«

— »Wurden Sie bezahlt?«

— »Nein, mein Aufnahmetitel erlaubt keine Erwerbstätigkeit.«

— »Das zählt dann nicht ...«

— »Aber ...«

— »Keine Panik. Wir sind bemüht, einen Beitrag zur Integration zu leisten. Lassen Sie uns gemeinsam einen Weg finden ... Eine Möglichkeit wäre, eine Friseurausbildung in Deutschland zu machen. Ich kann mir vorstellen, Sie könnten die Ausbildung in zwei – statt drei – Jahren absolvieren. Wir können da ein Auge zudrücken.«

— »Ich habe schon ein Studium in Deutschland absolviert. In diesen Fällen darf man keine weitere Ausbildung anfangen.«

— »Hm ...«

— »Und zählen meine Promotion und Habilitation nicht als Berufsschulabschluss?«

Die Aussicht, meine handwerklichen Fähigkeiten offiziell anerkennen zu lassen, scheint so erfolglos wie meine Versuche der letzten 20 Jahre, einen längeren Aufnahmetitel in Deutschland zu bekommen ...

Vor mehreren Wochen habe ich Ausbildungsmodule, Nachweise meiner Berufserfahrungen – und auch die meines Ausbilders – und deren Übersetzung in deutscher Sprache sorgfältig zusammengestellt und bei der Handwerkskammer eingereicht. Mein Antrag strebt die Anerkennung von Teilleistungen meiner kanadischen Ausbildung an. Die Gebühr von 400 bis 600 Euro für das Antragsverfahren würde ich natürlich zahlen. Nun warte ich.

Ob ein Abenteuer bürokratischer Natur sein kann?

Bisher unveröffentlicht.

_____

Referenzen

Clueso (2010): *Clueso. Von und über*. Berlin, Schwarzkopf & Schwarzkopf.

Elias, Norbert (1997 [1939]): *Über den Prozess der Zivilisation. Soziogenetische und psychogenetische Untersuchungen. Band 1*. Frankfurt/Main, Suhrkamp.

Fromm, Erich (2015 [1980]): *Arbeiter und Angestellte am Vorabend des Dritten Reiches. Eine sozialpsychologische Untersuchung*. München, Open Publishing.

Goffman, Erving (2017 [1959]): *Wir alle spielen Theater: Die Selbstdarstellung im Alltag*. München, Piper.

Gombrowicz, Witold (1970): *Die Tagebücher. Band 2 (1957–1961)*. Stuttgart, Neske.

Hochschild, Arlie R. (2012 [1983]): *The Managed Heart. Commercialization of Human Feeling*. Berkeley, University of California Press.

Jablonka, Ivan (2015): *Le corps des autres*. Paris, Seuil.

Kaufmann, Jean-Claude (2006 [1999]): *Singlefrau und Märchenprinz. Warum viele Frauen lieber allein leben*. München, Goldmann.

Kaufmann, Jean-Claude (2006 [1995]): *Frauenkörper Männerblicke: Soziologie des Oben-ohne*. Konstanz, UVK.

Keun, Irmgard (2020 [1940]): »Zwei unbekannte Briefe an eine Freundin«, *Sinn und Form*, Jg. 72, H. 1, S. 5–12.

Kracauer, Siegfried (2011 [1963/1931/1922]): »Die Wartenden.« In: Mülder-Bach, Inka (unter Mitarbeit von Sabine Biebl, Andrea Erwig, Vera Bachmann und Stephanie Manske) (Hg.). *Werke. Band 5.1.* Berlin, Suhrkamp, S. 383–394.

Kracauer, Siegfried (2011 [1931]): »Möbel von heute.« In: Mülder-Bach, Inka (unter Mitarbeit von Sabine Biebl, Andrea Erwig, Vera Bachmann und Stephanie Manske) (Hg.). *Werke. Band 5.3.* Berlin, Suhrkamp, S. 565–568.

Kraus, Karl (1986): *Aphorismen.* Frankfurt/Main, Suhrkamp.

Leconte, Patrice (1991 [1990]): *Der Mann der Friseuse.* Film.

Liebold, Renate und Silke Röbenack (2020): »Individualisierte Interessensregulierung im Feld körpernaher Dienstleistungsarbeit.« In: Artus, Ingrid, Bennewitz, Nadja, Henninger, Annette, Holland, Judith und Stefan Kerber-Clasen (Hg.). *Arbeitskonflikte sind Geschlechterkämpfe. Sozialwissenschaftliche und historische Perspektiven.* Münster, Westfälisches Dampfboot, S. 304–321.

Lüdtke, Helga (2021): *Der Bubikopf. Männlicher Blick, weiblicher Eigen-Sinn.* Göttingen, Wallstein.

Messu, Michel (2013): *Un ethnologue chez le coiffeur.* Paris, Fayard.

Osbaldiston, Nick (2019): »Simmel's Adventure and its Relationship to the Ought of Life«, *Simmel Studies*, Jg. 23, H. 2, S. 71–96.

Oskamp, Katja (2019): *Marzahn mon amour. Geschichte einer Fußpflegerin.* Berlin, Suhrkamp.

Paris, Rainer (1998): »Negatives Organisieren. Das Muster der Intrige.« In: Ders. *Stachel und Speer. Machtstudien.* Frankfurt/Main, Suhrkamp, S. 195–211.

Piazzesi, Chiara (2023): *The Beauty Paradox: Femininity in the Age of Selfies.* Lanham, Rowman & Littlefield Publishers.

Scott, Susie (2018): »A Sociology of Nothing: Understanding the Unmarked«, *Sociology*, Jg. 52, H. 1, S. 3–19.

Simmel, Georg (2001 [1910]): »Philosophie des Abenteuers.« In: Kramme, Rüdiger und Angela Rammstedt (Hg.). *Georg Simmel Gesamtausgabe (GSG). Band 12.1: Aufsätze und Abhandlungen 1909–1918.* Frankfurt/Main, Suhrkamp, S. 97–110.

Simmel, Georg (2001 [1910]): »Soziologie der Geselligkeit.« In: Kramme, Rüdiger und Angela Rammstedt (Hg.). *Georg Simmel Gesamtausgabe (GSG). Band 12.1: Aufsätze und Abhandlungen 1909–1918.* Frankfurt/Main, Suhrkamp, S. 177–193.

Simmel, Georg (1999 [1917/1911]): »Die Geselligkeit (Beispiel der Reinen oder Formalen Soziologie).« In: Fitzi, Gregor und Otthein Rammstedt (Hg.). *Georg Simmel Gesamtausgabe (GSG). Band 16: Der Krieg und die geistigen Entscheidungen; Grundfragen der Soziologie; Vom Wesen des historischen Verstehens; Der Konflikt der modernen Kultur; Lebensanschauung.* Frankfurt/Main, Suhrkamp, S. 103–121.

Simmel, Georg (1997 [1907]): »Soziologie der
Sinne.« In: Cavalli, Alessandro und Volkhard
Krech (Hg.). *Georg Simmel Gesamtausgabe (GSG).*
Band 8.2: Aufsätze und Abhandlungen 1901–1908.
Frankfurt/Main, Suhrkamp, S. 276–292.

Simmel, Georg (1996 [1911]): »Die Mode.« In:
Kramme, Rüdiger und Otthein Rammstedt
(Hg.). *Georg Simmel Gesamtausgabe (GSG). Band*
14: Hauptprobleme der Philosophie. Philosophische
Kultur. Frankfurt/Main, Suhrkamp, S. 186–218.

Sutterlüty, Ferdinand (2023): »Soziologie und
performative Kritik bei Siegfried Kracauer. Auf
der Suche nach den Konstruktionsfehlern der
Wirklichkeit«, *Leviathan,* Jg. 51, H. 1, S. 39–52.

Tergit, Gabriele (2019 [1983]): *Etwas Seltenes über-*
haupt. Erinnerungen. Frankfurt/Main, Schöffling.

Thériault, Barbara (2022): »Kulturkritik im Namen
der Menschlichkeit. Siegfried Kracauer und das
Feuilleton.« In: Marty, Christian, Müller, Hans-
Peter und Barbara Thériault (Hg.). *Kulturkritik im*
Namen der Freiheit. Von Georg Simmel bis Hannah
Arendt. Bielefeld, transcript, S. 193–205.

Thériault, Barbara (2020): *Die Bodenständigen.*
Erkundungen aus der nüchternen Mitte der Gesell-
schaft. Leipzig, edition überland.

Weber, Max (2016 [1904/1905]): »Die protestantische Ethik und der Geist des Kapitalismus.
Die protestantischen Sekten und der Geist
des Kapitalismus. Schriften 1904–1920.« In:
Schluchter, Wolfgang (unter Mitarbeit von
Ursula Bube) (Hg.). *Max Weber-Gesamtausgabe*
1/18. Tübingen, Mohr Siebeck.

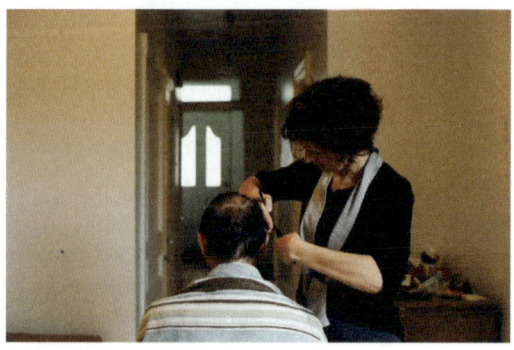

Autorin

Barbara Thériault ist eine in Deutschland aus-
gebildete kanadische Soziologin; Professorin an
der Université de Montréal; Übersetzerin von
Feuilletons und Miniaturen vom Deutschen
ins Französische; Mitherausgeberin von *Siggi,
le magazine de sociologie*; ehemalige Stadtschreiberin in Lviv (Ukraine) und Halle an der Saale;
Friseurin.

Bildnachweis

Fotos
   Eric Pawlitzky S. 42–43, 45, 108–109, 112–113
   Noa Beschorner S. 206

Illustrationen
   Laurence Thibault S. 23, 35, 193
   Christina Brinkmann S. 76–77

*Bibliografische Information der
Deutschen Nationalbibliothek*

Die Deutsche Nationalbibliothek
verzeichnet diese Publikation in der
Deutschen Nationalbibliografie; detaillierte
bibliografische Informationen sind im
Internet unter *http://dnb.dnb.de* abrufbar.

ISBN 978-3-948049-22-5

© 2024 Autorin und
   edition überland Verlagsgesellschaft mbH
   Gerichtsweg 28 · 04103 Leipzig
   www.editionüberland.de

Umschlag
   Julien Posture, Montreal
   julienposture.com

Lektorat
   Simone Trieder

Herstellung und Satz
   Phillip Hailperin · Hofmeister Stauder.
   Büchermacher, Berlin · *hofmeisterstauder.de*

Druck und Bindung
   GRASPO CZ, a. s., Zlín

Printed in Czechia